무림속 마법사로 사는법

김형규 신무협 장편소설

무림 속 마법사로 사는 법 11

초판 1쇄 발행 2025년 7월 23일

지은이 ǀ 김형규
발행인 ǀ 최원영
편집장 ǀ 이호준
편집디자인 ǀ 박민솔
영업 ǀ 김민원 조은걸

펴낸곳 ǀ ㈜ 디앤씨미디어
등록 ǀ 2002년 4월 25일 제20-260호
주소 ǀ 서울시 구로구 디지털로32길 30 코오롱디지털타워빌란트 1301-1308호
전화 ǀ 02-333-2513(대표)
팩시밀리 ǀ 02-333-2514
E-mail ǀ papy_dnc@dncmedia.co.kr
블로그 ǀ blog.naver.com/gnpdl7

ISBN 979-11-364-6312-8 04810
ISBN 979-11-364-5655-7 (SET)

※ 저자와 협의하여 인지는 붙이지 않습니다.
※ 이 책은 ㈜ 디앤씨미디어(파피루스)가 저작권자와의 계약에 따라 발행한 것으로 본사와 저자의 허락 없이는 어떠한 형태나 수단으로도 내용을 이용할 수 없습니다.

무림속 마법사로 사는 법

김형규 신무협 장편소설

48장. 추격전 ·················· 7

49장. 무후귀환 ·················· 83

50장. 교두가 되었다 ·················· 155

51장. 등천수호대 ·················· 263

48장. 추격전

추격전

 구옥서는 조금 떨떠름한 눈치였다.

 나름 자신의 천변만화술에 대해 자부심을 가지고 있었는데, 이놈은 볼 때마다 자신의 변장을 꿰뚫어 보니 은근 자존심이 상했다.

 "문주님께서 왜 여기에…… 혹시 이렇게 될 거라고 예상하신 겁니까?"

 "그럴 리가 있겠느냐. 하지만 몇 가지 추론은 해 볼 수 있었지."

 애초에 만수에게 사도련의 실종 사건을 조사해 달라고 한 것은 구옥서였다.

 그리고 사도련에서 반란이 일어나고 실패했을 때…… 구옥서는 어쩌면 이렇게 되지 않을까 하고 생각이 들어 대비하고 있었다.

"게다가…… 만박자의 비고라면 나도 아예 상관없는 곳은 아니니까."

"예전에 가 본 적이 있으십니까?"

"그래. 아직 사도련주가 아닐 적의 진패천과, 아직 하오문주가 아닐 적의 내가. 네 아버지가 길을 안내해 줬지."

"그곳에서 뭔가 발견하셨던 겁니까?"

"뭐 나름 보물이 있었지. 만박자가 쟁여 둔 보물이 적지 않더구나."

'진짜 제갈세가에 기부 좀 해라.'

제갈현몽은 그런 생각이 들었다.

물론, 만박자도 술종의 일원이다 보니 제갈세가에 가지고 있었던 악감정을 이해 못할 것은 아니었지만…….

'따지고 보면 애초에 쫓겨나게 된 계기도 자기들 때문이 아닌가?'

"무슨 생각을 하느냐?"

"아뇨, 보물이 그렇게 많았다면……."

"많았다면?"

"왜 아버지께서는 제게 그리 많은 빚을 남겼던 겁니까……."

제갈현몽은 자문자답하다가 진실을 깨닫곤 좌절했다.

술종 출신의 마뇌, 그리고 제갈자의 등…… 하나같이 세상에서 둘째 가라면 서러울 정도로 자기중심적이고 비뚫어진 인물인 것이다.

만수는 그런 제갈현몽의 심정을 짐작했지만, 공감하지 않고 속으로 생각했다.

'너도 만만치 않은 것 같은데.'

"그래서, 어떻게 된 일이냐? 잠시 여유가 있으니 그동안 무슨 일이 있었는지 이야기를 해 줬으면 하구나."

잠시 후, 제갈현몽과 만수의 이야기를 들은 구옥서는 별로 놀라지도 않은 표정으로 담담하게 고개를 끄덕였다.

"그래, 진패천이 그런 외도(外道)에까지 발을 디딘 것이냐."

"별로 놀라시질 않는군요."

"설마. 하지만 윗자리에 오르게 되면 동요를 감춰야 하는 법도 배우는 법이란다."

"그동안의 정세는 어땠습니까?"

"사도련은 이미 살얼음을 걷는 분위기지. 전쟁이라도 준비하고 있던가 보더구나. 나도 본 적 없는 고수들이나 부대들이 속속 사도련에 합류하고 있었어."

제갈현몽은 고수라는 말에 어떤 인물을 떠올렸다.

사도련에서 탈출할 때 만났던, 이름 모를 창술의 고수였다. 자신이 무슨 수를 써도 모두 창 한 자루로 분쇄하고 자신에게 달려들던…….

'다시 만날 일이 없었으면 좋겠는데.'

"일단 오늘은 푹 쉬도록 하거라. 지금 천라지망이 펼쳐졌으니, 섣불리 움직이는 것은 좋은 선택이 아니야. 다행히 하오문과 너와의 연관을 아는 사람은 없으니 더더욱."

"으음, 그래도 불안한…… 아, 구옥서 님. 지금 저희 일행에게 밥을 줄 때 혹시 수면약을 좀 섞어 주실 수 있겠습니까? 그리고 숙소는 철통같은 감시가 필요합니다."

"같은 편이 아니었느냐?"

"같은 편이긴 한데 아까 상황을 보면 이 기회를 틈타서 혼자 도망간 다음에 배신할 사람이 나올 것 같아서 말입니다."

말이 끝나기도 전에 조상의 전음이 들려왔다.

-무후재림. 몰래 도망가려던 자들을 잡았습니다. 어떻게 할까요?

-아, 그냥 재워 두십시오. 고생하셨습니다.

제갈현몽은 고개를 끄덕이더니 말했다.

"아, 잡았답니다. 역시 느낌이 안 좋더니 역시 배신하려던 자가 있었던 모양입니다."

"……그래. 다행이구나."

구옥서는 고개를 끄덕였다.

이런 걸 보면 볼수록 실로 귀곡자의 핏줄을 진하게 느꼈다.

"그러면 이제 좀 편하게 쉬……."

"아, 그래도 여전히 마음이 안 놓이는군요. 구옥서 님. 사람을 보내 아까 전에 하구에서 이야기를 나누었던 자를 감시할 수 있겠습니까? 그때는 그냥 넘어가기는 했지만 상황이 상황이니만큼 한번 찔러나 볼까 하는 습성으로 사도련에 보고를 넣을 가능성이 있습니다. 약점 한두 개 정도는 잡고 계실 테니 그걸로 먼저 찔러 보시지요."

"……."

사건이 일어나기 전에 모든 일을 원천 차단하겠다는 제갈현몽의 강한 의지에 구옥서는 할 말을 잃었다.

"또 뭔가 할 말은 없느냐?"

"이제는 별로…… 아, 가능하다면 이거 하나만 있겠습니까?"

"무엇이냐? 하오문이 알 수 없는 건 별로 없다."

"신기제갈 제갈유는 무사히 탈출했는지가 궁금하군요."

"제갈유는 왜?"

제갈현몽은 머리를 긁적였다.

"솔직히 이번 탈출에 있어서 가장 큰 적수는 다른 누구도 아니고 제갈유일 겁니다."

"하지만…… 제갈유도 지금 한창 도망치고 있을 거 아닌가?"

적의 적은 아군이다.

세상 만사를 모두 그렇게 해석할 수는 없지만, 대개의

경우는 그게 들어맞는 것이다.

지극히 당연한 의문에 제갈현몽은 친절하게 답해 주었다.

"생각해 보십시오. 그 제갈유입니다. 수틀리면 배신하는 것이 당연하지 않습니까?"

"……."

차마 부정할 수 없는 말이었다.

* * *

제갈유는 주변을 둘러보았다.

숲속에 있음에도 불구하고, 나무보다 사람이 더 많은 것처럼 느껴졌다.

주변은 피와 살점으로 가득했고, 자신도 그 피를 뒤집어쓰고 있었다. 그리고 그런 자신의 뒤에는 쓰러져 있는 신무휘가 있었다.

'천라지망은 정말 무섭군.'

솔직히 처음 한두 번 포위망을 뚫었을 때는 할 만하다고 생각했다. 나름대로 탈출할 수 있는 계획도 있었다.

하지만 무의미한 일이었다.

한두 번, 포위망을 벗겨 내어도 천 겹의 그물이 기다리고 있으면 한 번쯤은 걸려들 수밖에 없었다.

'탈출에 이용할 방패들은 거의 다 죽었고, 신무휘도 내

상을 입었다.'

특히 개 같은 것이 그 창을 다루는 이름 모를 고수였다.

자신이 무슨 수작을 부려도 창 한 자루로 술법이고 책략이고 죄다 박살 내는 미친 초절정고수가 한 명 있었던 것이다.

신무휘의 내상의 원인도 그와 맞붙어 싸우다가 얻은 것이었다.

아무리 생각해도 절망적인 상황이었지만, 제갈유는 아직 일말의 도박수를 품고 있었다.

사방이 살의로 번뜩이는 가운데 제갈유는 냉정하게 말했다.

"사도련주에게 말을 전해 줄 수 있겠소? 그 전까지는 나와 무휘를 죽이지 않는 것을 추천하지."

"……."

중년인은 대답하지 않았다. 여전히 창끝을 제갈유에게 대고 미동조차 하지 않았을 뿐.

제갈유는 조금 답답해졌다.

"제길, 듣고 있소? 할 말이 있다니까!"

중년인은 그런 제갈유를 잠시 물끄러미 바라보고 있다가, 잠시 후에 고개를 끄덕였다.

"듣고 있다. 알겠다. 할 말이 있군."

제갈씨는 타고난 언변으로 자주 그 어떤 상황에 처하더

라도 세 치 혀로 넘겨 버릴 수 있다고 생각하곤 하지만……
그래도 천적이 있었다.

 귀가 있어도 들을 생각이 없고, 이해할 수 있어도 딱히 이해하려고 들지 않고 세상만사를 그냥 단순하게 해석해서 해결하려는 자.

 세가로 치면 팽가 같은 곳이 주로 제갈세가의 천적이었다.

 "빌어먹을, 당신. 평소에 답답하다는 소리 안 듣소?"
 "후……."

 제갈유의 말에 중년인은 웃음기 비슷한 숨을 내쉬더니 고개를 끄덕였다.

 제갈유는 그 모습에 가슴이 터질 것처럼 답답함을 느끼고는 부르짖었다.

 "……아무나! 이 사람 말고 내 말을 사도련주께 전해 줄 사람 없소?! 내가 독심서생을 잡을 비책이 있소!"
 "그건 좀 흥미롭군."

 좌중을 가르고 진패천이 모습을 드러냈다.

 그 모습에 제갈유는 안도의 한숨을 내쉬었다. 진패천이 나타났다는 안도감보다는 솔직히 눈앞의 중년인과 대화를 더 안 해도 된다는 것에서 나온 안도감이 더 클 것 같았다.

 중년인이 창끝을 내리자, 진패천은 제갈유와 시선을 맞

추더니 물었다.

"아까부터 재미있는 소리를 하더구나. 말해 보거라. 어떻게 독심서생을 잡겠다는 거지?"

"……말씀해 드릴 수 있습니다. 하지만 그 전에 한 가지 약조해 주실 수 있습니까?"

"약조라."

진패천은 입술을 말아 올렸다.

명백한 비웃음이었다.

"내가 지금까지 살면서 한 가지 신조를 세웠는데, 그게 무엇인지 궁금하지 않느냐?"

"모사와는 약조를 나누지 않겠다는 것이겠지요. 하지만 들어 보십시오."

진패천은 손가락을 들어 보였다. 이어 가볍게 탄지공을 날리자 제갈유의 귓불이 터져 나갔다.

"……들어 보십시오. 소생의 귓불을 터트린다고 해서 달라지는 건 없습니다."

"제법 강단이 있구나. 그래, 뭘 말하고 싶은 것이냐?"

"지금 사도련주께서는 독심서생을 잡고 싶어하지 않으십니까? 그리고 저와 그는 사제지간이자 행동을 함께한 자. 그 녀석의 행동은 손을 들여다보듯 쉽게 알 수 있습니다."

"……호오, 그러니까 네놈이라면 잡을 수 있다고? 하

지만 그게 나와는 무슨 상관이지?"

"비고를 뒤집어 놓고, 혈마까지 풀어놓아 난동을 부린 독심서생에게 원한을 갖고 있는 것 아니겠습니까? 그래서 저를 이렇게 쫓아온 것이겠지요."

이상함을 느낀 것은 독심서생의 이야기를 들었을 때였다.

분명 혼자 탈출했을 뇌옥이었다. 하지만 나와서 신무휘를 탈출시키고 보니 갑자기 뇌옥이 쑥대밭이 되어 있었고 혈마가 날뛰고 있다는 소리까지 들려왔다.

'아무리 그래도 혈마 위에 독심서생이 타고 말처럼 부린다는 건 헛소문이겠지만…….'

소문의 반만 믿는다 하더라도 가능성이 있는 일이었다.

생각해 보니 자신을 탈출시켰던 자도 어느 순간부터인가 모습을 감추고 사라져 있었다.

그렇다면 내릴 수 있는 결론은 하나였다.

'독심서생이 나를 미끼로 해서 나와는 다른 방법으로 탈출했다.'

"그것이 내가 독심서생을 쫓는다는 뜻은 아닐 터인데."

"아니라면 얌전히 죽음을 감수하는 수밖에 없겠지요. 아닙니까?"

진패천은 당돌한 제갈유의 말에 웃음을 지었다.

누구보다 냉철하게 판단하다가는, 마지막 순간에는 자신의 목숨조차 판돈으로 걸고 도박에 나설 줄 아는 모사.

진패천이 가장 좋아하는 부류였다.

"무휘에게는 다소 아까운 녀석이로군."

"제가 매력적으로 보인다니 다행이군요. 그래야 살 확률이 높아질 테니까요."

"그래, 그리고 나는 마음에 드는 모사를 죽이고 싶어지는 경향이 있더군."

농담이나 협박은 아니었다.

실제로 귀곡자나 마뇌 등, 자신과 함께했던 자들은 한 번씩 진패천의 살의를 받아 본 적이 있는 사람들이었으니.

진패천의 살기를 받은 제갈유의 안색이 다소 새파래졌지만 여전히 의연함을 유지하려고 애썼다.

"그래서, 독심서생은 어떻게 잡아야 하지?"

"잡아서 어떻게 하실 생각이십니까?"

"본인의 분노를 샀으니 일단 물어볼 것은 물어보고, 화풀이도 몇 번 한 다음에 찢어 죽여야겠지."

"……그거 참 좋은 생각이군요."

제갈유는 만족한 웃음을 띄웠다.

* * *

제갈현몽과 구옥서는 섣부르게 움직일 수 없다는 것에 동의했다.

사도련의 영역은 크게 긴장되어 있었다.

조금이라도 수상쩍은 움직임을 보이면 바로 검문이 들어갔다.

'생각해 보면 구옥서 님이 우리를 먼저 발견한 것이 천운이었군.'

구옥서 스스로 열심히 찾아다닌 덕도 있겠지만, 그런 노력도 아니었더라면 다른 무리들과 마주쳤을 것이고, 지금 이렇게 맘 편하게 쉬지도 못했을 것이다.

물론 지금쯤 대다수가 수면약에 당해서 움직이지 못하는 데다가, 철통같은 감시로 운신이 철저하게 제약당하고 있다는 사소한 사실이 있긴 하지만.

어쨌든 잠도 못 자고 등 붙일 여유도 없이 쫓기는 것보다 낫지 않은가.

'안 괜찮을 것 같은데.'

'반발감이 어마어마할 것 같은데.'

구옥서와 만수는 그런 생각이 들었지만 구태여 말하지 않기로 했다.

"그렇다고 여기에서 계속 있을 수도 없습니다."

마가방에 수상쩍은 무리들이 들어가는 것을 목격한 사람들은 많다.

그런 그들이 나오지 않는다면 수상쩍게 볼 위험이 존재했다.

그게 아니더라도 언제 배반자가 나올 수도 알 수 없는 노릇이고.

만수는 생각보다 어려운 문제임을 깨달았다.

"경솔하게 움직이기도, 그렇다고 이대로 머물러 있기도 어려운 상황인데. 이거 외통수 아닌가? 지금이라도 너라도 몸을 빼는 게 좋지 않겠어?"

"별로 좋은 생각은 아닌 것 같습니다."

"어째서지? 어차피 독심서생이 한 짓이라 누구도 네게 뭐라고 하지 않을 텐데?"

"음."

제갈현몽은 머리를 긁적였다.

사실 다소 불합리한 일이긴 했다.

제갈현몽은 무엇보다 자기 보신을 중요시했다.

자기 자신도 머리 어느 한구석에서는 그냥 인피면구를 벗고 달아나는 것이 더 좋을 것 같다는 생각을 하고 있을지도 몰랐다.

잠시 생각하던 제갈현몽은 말했다.

"불합리하긴 하죠. 하지만 불합리한 일에 억지로 그럴듯한 이유를 붙이는 것이 더 불합리하지 않겠습니까?"

"……."

"만수 말대로, 그 누구도 제게 뭐라고 하지 않겠지요. 하지만 제가 저 자신에게 뭐라고 하지 않겠습니까. 만수.

저는 가능하면 저들 모두 살려서 돌려보내고 싶습니다."

만수는 어깨를 으쓱이면서 구옥서를 바라보았다.

"그렇게 되었으니까, 문주님. 조금 더 힘을 써 주셔야 할 것 같은데요?"

"그래야 할 것 같구나."

"……?"

제갈현몽은 고개를 갸웃했다.

뭔가 이상한 부분에서 점수를 딴 것 같은 기분이었다.

"그래, 그렇다니 도와주마. 너라면 뭔가 방안이 있겠지. 아무거라도 생각나는 건 없느냐?"

"사실 하나, 써먹을 만한 방법이 있긴 합니다."

"무엇이지?"

"진왕 전하의 신표(信標)와, 저를 수로맹의 군사로 임명한 임명장과 그 호패입니다."

"신표를?"

구옥서는 미간을 찌푸렸다.

진왕의 신표는 물론 강력한 힘이긴 했다. 하지만 지금, 진왕이 있는 것도 아닌데 이게 유효하게 쓰이긴 어려웠다.

"물론 이 권한을 그냥 휘두르자는 건 아닙니다. 제대로 휘둘러야지요."

"어떻게?"

"진왕 전하께서는 수로맹을 인정하시면서, 수로맹의

활동을 나라를 위한 일로 규정지으셨습니다. 그리고 장강의 모든 수적들은 수로맹의 요청에 응해야 하고, 이를 거부하면 즉시 진왕 전하의 명에 반하는 일. 즉, 모반으로 규정지었습니다. 이 경우 수적들은 즉각 진압해야 하며, 필요하다면 관아의 도움을 받는 것도 가능하지요."

"……?"

"……!"

두 사람이 제갈현몽의 말을 온전히 이해한 것은 조금 시간이 걸려서였다.

"너……."

"제정신이더냐?"

제갈현몽이 말하는 것은 다름 아니었다.

지금 같이 탈출하는 사람들을 모조리 반역자로 몰아서 죄수로 삼은 다음에 호송을 시켜 버리겠다는 뜻!

"천라지망이든 뭐든 관아의 일이니 사도련도 쉽게 손을 대지 못할 겁니다. 그리고 설령 손을 대게 되면 사도련도 반역도당이 되고 말지요."

"……여러 가지 문제가 생각나기는 하는데…… 너 진짜 괜찮겠냐? 아무리 진왕 전하가 네게 호의를 가지고 있어도 너무 제멋대로 하면 언제 마음이 바뀔지 모르는데."

고금을 통틀어 보아도, 총애를 받던 모사가 군주의 힘을 빌어 선을 넘다가 처참한 최후를 맞이한 경우는 드물지 않았다.

그러자 제갈현몽은 머리를 긁었다.

"아마 괜찮을 겁니다. 진왕 전하께서 제게 베푸는 호의는 결코 무상은 아닐 테니까요."

"무상이 아니라니……?"

"하오문에서 제게 빚을 지우면서도 무리한 추심은 하지 않고 너그럽게 여유를 갖게 해 주지 않았습니까? 그거랑 비슷한 겁니다. 어쨌든 지금은 그게 문제가 아닙니다."

"그럼 문제가 뭔데?"

만수가 고개를 갸웃하자 제갈현몽이 말했다.

"지금 수면약에 취해 있는 틈을 타서 서둘러 반역도당들을 포박해야 하지 않겠습니까? 마침 다들 한 인상 하고 있으니 수적이라고 해도 의심 살 일이 없을 겁니다."

실로 일석이조였다.

이동도 할 수 있고, 쉽게 의심도 하기 어려우며, 무엇보다 어디로 튈지 모르는 자들의 움직임을 통제하는 것도 가능했다.

본인들의 동의가 없다는 사소한 문제만 제외하면 이보다 더 훌륭한 해결책이 없는 것이다.

"……."

사실 만수는 방금 전 제갈현몽의 말에 적지 않게 감탄했다.

'다른 사람은 뭐라 하지 않아도, 나 자신은 스스로에게 뭐라고 하지 않겠습니까. 저는 저들 모두를 구해 주고 싶습니다.'

조금 과장해서 감동했다고 해도 좋았다.

협(俠)이라는 것이 저물어 가는 이때, 뜻밖에도 무림인도 아닌 제갈현몽이 협이라는 기상을 보여 주었다.

강호무림에 몸을 담은 사람으로서 감동하지 않을 수 없었다.

'……그런데 그 도와준다는 방법이 좀 문제가 있지 않나?'

"너 진짜 그러다가 칼 맞을 수도 있다. 조심해."

"괜찮습니다. 칼 맞는 건 제가 아니라 독심서생일 테니까요. 하하하하."

"……아니, 진짜. 너 칼 맞으면 억울해하지나 마라. 올 것이 왔구나 해야 해."

"괜찮습니다. 혹시 몰라서 호신부를 항상 가지고 다니니까요."

"……."

이래서 제갈씨들이란……!

* * *

제갈현몽의 계책은 잘 맞아들어 갔다.

하오문의 연줄을 통해 신패와 제갈현몽의 서신을 받은 관아에서는 바로 죄수들을 압송했다.

눈에서 뜨자마자 갑자기 대역죄인 취급받기 시작한 사람들은 항의했다.

"도, 독심서생! 이게 대체 무슨 일이오!? 갑자기 대역죄인이라니……!"

"귀하들의 목숨을 구하기 위해서는 어쩔 수 없었소."

제갈현몽이 간단하게 설명했다.

알기 쉬운 설명이었지만, 그래도 몇 명은 여전히 납득하지 못했다.

"아니, 아무리 그래도 이런 방법으로……!"

"이상하군. 사도련에 잡혀서 온갖 고문을 당하다가 먹이로 취급되어 죽는 것보다는 훨씬 낫지 않은가?"

"하지만 우리도 체면이라는 것이 있소. 이런 꼴을 당하느니 차라리 죽는 게 더 낫단 말이오!"

제갈현몽은 한심하다는 표정을 지었다.

죽음이 경각에 달했을 때 다급해하던 것은 어디 가고, 조금 살 만해지니까 바로 딴생각을 하는 것이다.

"자자, 그렇게 생각해 볼 수 있겠지. 소생도 그대들의 심정은 충분히 이해하오. 하지만 다들 들어 보시오. 와신상담이라는 말을 들어 본 적이 있겠지? 오자서와 월왕구천이 과연 체면과 자존심이 없어서 섶에 자고 쓸개를 핥

았겠소?"

"……으음!"

"그대들은 사도련의 희망이오. 왜 소생이 이렇게 기를 쓰고 그대들을 살리려고 하는지 모르겠소? 차후 진패천이 무너지고 나서 사도련을 이끌 사람들이 필요해서가 아니겠소!"

독심서생의 추상같은 호령에 뇌옥에 갇혀서 수갑과 족쇄를 차고 있는 사람들의 표정에 충격이 일었다.

"그, 그런가?"

"하긴. 진패천은 그리 오래가지 못할 것이외다. 기존 체제가 무너지고 나면……."

"우리들이 장악하기 쉬워지겠지."

의견을 교환하는 목소리가 잦아지자 제갈현몽이 그들을 보며 말했다.

"이제 소생의 뜻을 알아주시겠소? 사도련의 희망들이여."

"으음, 알겠네. 우리들이 생각이 짧았어."

"이해해 주니 기쁘군. 잠시만 참으시오, 잠시만."

그 광경을 멀리서 지켜보던 만수는 혀를 내둘렀다.

너희들의 심정은 이해한다. 하지만 너희들은 오자서와 월왕구천과도 같다. 후일 대의를 위해서 지금은 참아야 한다! 라는 말은 대다수가 홀린 듯이 고개를 끄덕이지 않고는 배길 수가 없었다.

제갈현몽이 돌아오자 만수가 속닥였다.

"야, 근데 너 정말 저들로 하여금 사도련을 장악하려고 하는 거야?"

"그게 무슨 말입니까?"

제갈현몽이 되묻자 만수의 표정이 기묘해졌다.

"물론 가능이야 하겠지만…… 그러려면 일단 독심서생의 신분을 계속 유지해야 하지 않겠습니까. 하지만 이번 중원행 이후 독심서생은 영원히 세상의 빛을 보지 못하게 될 터인데."

"……그럼 사도련 복권 운운하던 것은 뭔데?"

"그야 나중에 저들이 알아서 그렇게 하지 않겠습니까. 본인들이 열심히 하겠지요."

만수는 저도 모르게 뇌옥 안에서 희망에 젖은 사람들을 바라보았다.

어쨌든 죄수들이 얌전해지자 호송도 편해졌다.

물론 여전히 사도련에서는 천라지망을 펼친 상태였지만, 관복을 입은 자들이 죄수들이 호송을 하는 것을 보면 얼씬도 하지 않았다.

아무리 사도련의 위세를 업고 있다고 해도 관복을 입은 자들에게 천라지망 운운하면서 검문을 할 미친놈들은 없었다.

일부 머리가 돌아가는 자들은 물밑에서 어떤 죄인들인

지 파악하기도 했지만, 그것도 죄수들이 반역죄를 지었다는 것을 듣고는 도리어 길을 비켜 주었다.

반역죄인들을 호송하는 것을 방해하면 그 즉시 그들도 반역죄로 몰릴 가능성이 없지 않았으니까.

덕분에 순조로웠다.

다만 가는 길까지 순조로운 것은 아니었다.

"보고드립니다! 호송로로 사용하는 도로의 일부가 지난날 비로 인해 무너졌다고 합니다."

"으음. 역시 배를 타고 가는 것이 좋았을 터인데……."

포졸의 보고에 호송대를 지휘하고 있던 관리가 혀를 찼다.

하지만 어쩔 수 없었다. 물자가 너무 많아 수로가 꽉찬 데다가, 사도련의 소동 때문에 물길이 이전보다 극히 제한되어 있었다.

"강남은 길이 별로 안 좋군."

만수가 중얼거렸다. 이런 식으로 경로가 막혀서 진로를 바꿔야 하는 경우가 몇 번 있었던 것이다.

"그래도 그 외에는 별일 없어서 다행이군. 생각보다 쉽게 풀리는 것 같은데."

"쉿. 그런 말 함부로 하는 거 아닙니다."

오히려 제갈현몽은 만수와는 다른 감상을 하고 있었다.

뭔가 기시감이 느껴졌다.

과거 제갈현몽이 맨 처음에 마법을 배웠을 때의 일이다.

그때 이런 비슷한 일이 있었다.

어째서인지 유난히 길이 자주 막히고, 묘하게 진로가 기존에 생각했던 것과 틀어져서 정신을 차려 보면 평소에는 잘 가지 않는 외진 길을 가고 있는 중이었다.

제갈현몽은 조용히 원견의 마법을 사용하고 주변을 확인해 보고는 만수와 조상을 불렀다.

"아무래도 추적당하고 있는 것 같습니다. 곧 습격해 올 것 같으니, 대비가 필요합니다."

"……갑자기 습격이라고?"

갑작스러운 말에 만수가 당황해하다가, 이내 고개를 끄덕였다.

하기야 다른 것도 아니고 사도련이다. 아무리 위장을 했다고 해도 너무 간단하게 뚫리는 것도 이상한 일이었다.

"이건 좀 위험할 것 같은데. 아무래도 이런 외진 곳에서 습격한다는 것은 정말 모조리 살인멸구하려는 것일 테고."

관의 호송을 건드리는 것이다.

당연히 사도련에서도 증거를 남기지 않기 위해 전력을 다하고 있으리라.

만수는 그리 걱정하다가 문득 제갈현몽을 바라보았다.

다른 사람도 아니고 제갈현몽이다. 이런 상황에 아무런

대비를 하지 않았을 리가 없으리라.

"사실 뭐 하나 준비하기는 했습니다만…… 제대로 시간에 맞출 수 있을지는 의문이군요."

그렇게 생각하면서 제갈현몽은 문득 하늘을 바라보았다.

달이 무척 밝고 둥글었다. 그리고 잠시 그것을 바라보고 있으려니, 멀리서 아련한 울음소리가 울려 퍼지는 것 같은 기분이 들었다.

아우우우우—!

그 소리는 늑대의 울음소리와 닮아 있었다.

"아무래도 제대로 온 것 같군요. 그러면 해야 할 것이 있습니다."

"대비를 해야겠지."

"예. 그것도 있지만 일단 관리들을 쫓아 보내야겠지요."

지금 호송하고 있는 자들은 다름 아닌 반역도당을 호송하는 나라의 관리.

"그리고 사도련은 우리들 가운데 관리가 섞여 있다는 것을 알면서도 공격하려 하고 있습니다. 야음을 틈타서 모든 일을 어둠에 묻으려고 하는 것이겠죠. 괜히 더 휘말릴 필요는 없지 않겠습니까."

"그도 그렇군. 그래서 어떻게 할 생각인데?"

"술 있습니까?"

제갈현몽은 술병을 받아들고는 찰랑거리는 술에 마법

을 걸었다.
"이거면 되겠습니까?"
조상이 뭔가를 가져왔다. 풀과 나무뿌리 같은 것이었다.
"이건 뭐야?"
"익모초와 삽주 뿌리입니다. 이걸 추출해서 넣고······."
제갈현몽은 마법으로 약초의 성분만을 분리해서 술에 넣고 빠르게 흔들었다.

본래라면 침출을 해서 약의 성분만을 뽑아내는 법제 과정이 필요하지만, 마법을 사용하면 이런 번거로운 과정을 생략할 수 있었다.

거기에 가볍게 마법을 걸자 특이한 주향(酒香)이 퍼져 나왔다.
"이걸로 취하게 만들 생각인가 보군."
"아뇨. 술을 안 마시는 사람이 있을 수 있지 않습니까."
제갈현몽은 술을 증발시켜서 구름의 형태로 만든 다음에 사람들을 휘감기게 했다.

그러자 갑자기 사람들의 눈빛이 풀리더니 몽롱해졌다. 삽시간에 취기가 오르자 제갈현몽은 다시 한번 판관필을 휘둘렀다.

이런 식으로 밑작업을 해서 경계심을 크게 줄이면 마법이 더욱 잘 걸렸다.

털썩.

풀썩.

"뭐, 뭐지?! 갑자기 병졸들이 쓰러졌는데."

"설마, 사도련의 수작인가?"

"아니, 소생이 한 일이오. 이제 쓸모가 없어졌거든."

사람들이 미친놈 보는 듯한 눈빛으로 독심서생을 쳐다보았다.

안 그래도 미친놈이라고 생각하기는 했지만, 하는 짓을 보다 보니 진짜 상상을 초월한 광기였다.

목적을 위해서라면 수단과 방법도 가리지 않는다는 말인가?

"그래서, 이제 어떻게 할 거지?"

"일단은 눈치채지 못한 척 호송을 이어 나갈 것이오."

"함정에 제 발로 걸어가자는 뜻인가?"

"빠지지 않을 함정이라면 뭐가 문제겠소? 지금 보니 사도련에서는 이 주변에 석병팔진을 펼쳐 둔 상태요."

"석병팔진?"

아무리 무림인이라고 해도 삼국지를 모르는 사람은 드물었다. 개중에 조금 더 빠삭한 사람은 석병팔진이 어디에서 나왔는지를 떠올리고는 물었다.

"이릉에서 육손의 추격을 막았던 그 진 말인가? 어디까지나 이야기 속의 진법인 줄 알았는데."

"평범하게 생각해 보면 그렇겠지. 하지만 이 진법을 펼치고 있는 것이 다름 아닌 신기제갈, 무후의 재림이라 불리는 제갈유라면 어떻겠소?"

만수는 전율했다.

'너 이 자식……!'

끈질기고 이상한 곳에서 집착하는 면모가 있는 건 알고 있었지만 이런 상황에서도 지치지 않는 게 존경스러웠다.

문제가 하나 있다면 저런 집념을 이딴 곳에 허비하고 있다는 것이었다.

"잠깐, 신기제갈과 무후재림은 다른 사람 아닌가?"

"그렇소? 소생은 같은 사람이라고 알고 있소만…… 아무튼 무후재림이 제갈유든 아니든 그게 무슨 상관이오. 중요한 것은 그가 바로 제갈씨라는 것이오!"

"으음, 그런가?".

"그렇소. 소생의 말을 믿지 못하겠다면 왜 지금까지 소생과 함께하는 것이지?"

'네가 갖은 협박과 속임수로 끌고 왔기 때문이잖아……!'

그런 말이 몇몇의 뇌리에 스치고 지나갔지만, 그들은 무겁게 입을 다물었다.

다른 상황도 아니고 사도련에 포위당한 상태에서 그런 말을 하는 것은 별로 좋은 선택이 아니었다.

"그런데 어째서 제갈유가 우리를 쫓고 있는 거지?"

"그야 당연히 알 수 있지. 소생이 아까 전에 이 주변에 펼쳐진 진법이 석병팔진이라고 하지 않았소? 소생이 알고 있는 한 이 진법을 펼칠 수 있는 사람은 신기제갈 무후재림 제갈유뿐이고, 그런 그가 여기 있다는 것은 당연히 우리를 배신했다는 것이지."

"……."

자세히 들어 보면 하나의 논리로 다른 하나의 논리를 틀어막는 식의 말이었지만, 그 누구도 그것을 지적하지 않았다.

지금 중요한 것은 그게 아니었다.

"그래서? 이 모든 시도에도 불구하고 사도련이 결국 우리를 포위한 것은 다름이 없는데 어떻게 이걸 뚫고 나갈 생각이지? 무언가 방도라도 있는 게요?"

"있소."

제갈현몽은 빙긋 웃음을 지었다.

"제갈유는 약점이 있지. 소생은 그걸 찌를 것이오."

* * *

퍼엉!

제갈유는 허공에 떠오르는 검은 연기를 보면서 부채를 흔들었다.

"검은 연기가 떠올랐군요."

제갈유는 이 일대에 석병팔진을 펼치면서 몇 가지 신호 체계를 만들어 두었다.

만약 사로잡는 것에 성공했다면 흰 연기, 실패했다면 검은 연기, 종적을 감추었다면 붉은 연기를 쏘아 올리는 식이었다.

"후후후, 예상대로."

"……."

돌아오지 않는 메아리에 제갈유는 참지 못하고 곁에 선 사람을 향해 말을 걸었다.

"……조 대협."

"무엇이지?"

"궁금하지 않으십니까? 제가 실패를 뜻하는 검은 연기를 보았음에도 이렇게 여유로운 태도인 것이?"

"음."

창을 들고 있는 중년인, 조자건(趙姿乾)은 제갈유의 설명에 잠시 침묵을 이어 나갔다.

퍼엉!

한참 후 다시 검은 연기가 떠오르는 것을 보던 조자건이 입을 열었다.

"생각을 해 봤소."

"예. 어떤 생각이었습니까?"

"검은 연기가 띄워졌는데도 불구하고 귀하가 여유로운

태도를 띄우는 것이 궁금한지 아닌지."

"……."

"안 궁금하오."

제갈유는 속이 타오르는 것 같았다.

'진짜 이 사람밖에 없나?'

사도련이 숨겨둔 초절정고수 중 하나인 조자건은 정말이지 뛰어난 창술과 흔들림 없는 정신력의 소유자였지만, 제갈씨와 상극이라는 치명적인 단점이 있었다.

"사실 예상한 바이기 때문입니다. 독심서생은 뛰어난 능력을 가지고 있기에 저는 그걸 감안해서 이중 삼중으로 책략을…… 아니 됐습니다."

"말하기가 싫어졌나 보군."

"궁금해지신 겁니까?"

조자건은 자신이 평소 눈치가 좋다고 자부하고 있었다.

'한때는 적이었으나, 지금은 같은 편인 이상 어느 정도 맞장구치는 것이 좋겠다.'

조자건은 그리 생각하면서 말했다.

"내가 궁금해하길 바라나 보군."

"……조 대협, 눈치 없다는 소리를 많이 듣는다고 하셨지요?"

"듣는 편이오."

"혹시 그것을 듣고 뭔가 느끼는 점은?"

조자건은 그 말에 침묵했다.

제갈유는 다시금 답답해하기 시작했다. 이윽고 반다경 정도가 지나자 조자건이 고개를 흔들었다.

"그렇군."

"! 뭔가 깨달으신 겁니까?"

"그대가 내가 뭔가 느끼길 바란다는 것을 알겠소."

"그래서요?"

"잘 모르겠군."

"크악!"

제갈유는 신음을 내뱉었다. 뭔가 울컥하면서 터져 나오는 것을 손바닥에 뱉어 보니 가느다란 핏줄기가 묻어 있었다.

이상한 일이 아니었다. 최근에 뇌옥 생활을 하고, 얼마 전까지 쫓겨 다니다 보니 몸이 알게 모르게 상한 것이다.

더구나 요즘 심적으로 타격을 받는 일이 많았다.

술법가들에게도 주화입마와 비슷한 현상이 존재한다. 심상으로 현실에 개입해 변화시키는 술법의 특성상, 의지 자체가 타격을 받으면 아무래도 몸에 타격이 갈 수밖에 없다.

그 때문에 술자들은 정도가 적든 크든 간에 자기만의 확고한 세계를 가지고 있었다. 그 세계가 확고하면 확고할수록 쉽게 무너지지 않기 때문이다.

그리고 제갈유는 요즘 그 세계가 흔들리는 일들을 너무 많이 경험해 버렸다. 그중 하나가 바로 옆에 있는 이 중년인이었다.

그리고 다른 하나는 다름 아닌 자신의 사제였고.

'독심서생.'

제갈유가 진패천에게 자신이 독심서생을 잡을 수 있다고 먼저 제안한 것은, 그게 유일한 살길이었기 때문만이 아니다.

언제부터였을까.

사제이기는 했으나, 제갈유에게 있어서는 그저 기능이 좀 많은 장기짝 중 하나에 불과했던 독심서생이 어느새 자신의 세계를 흔들 정도로 커져 있었다.

제갈유는 이제야 독심서생을 인정했다.

'인정하지. 사제. 너는 어느새 나를 뛰어넘었어.'

그래서 뇌옥에서 그냥 죽기를 바랐다.

하지만 그것조차도 독심서생의 손아귀 안의 일이었다.

그리고 독심서생은 모든 비고의 전력과 눈길이 자신에게 쏠려 있을 때를 틈타 유유히 빠져나가 버렸다.

이용한다고 생각했는데, 어느새 이용당한 것은 자신이었다.

퍼엉!

연기가 떠올랐다.

가까웠다.

어느새 검은 연기가 주변에 가득하고, 그 연기 가운데 도망칠 길 없는 흰색 연기가 떠올라 있었다.

"장군이다. 사제."

"그렇군."

조자건이 고개를 끄덕였다.

"멋있어 보이고 싶나 보군."

"제발 한 시진만 입을 다물어 주실 수 없겠습니까……?"

* * *

"허억, 허억."

"후우……."

제갈현몽은 숨을 몰아쉬었다.

'각오는 하고 있었지만, 생각보다 훨씬 힘들었다.'

제갈유의 준비는 철저했다.

특별한 기교가 없이 정석적으로 준비한 포위망은 천천히, 그러나 확실하게 퇴로를 조여 나갔다.

포위망을 몇 번이나 뚫었지만, 반대로 말해서 어느 정도는 제갈유가 뚫을 수 있도록 퇴로를 마련해 준 것에 가까웠다.

그 과정에서 낙오한 사람도 있었다. 제갈현몽도 모두를

신경을 써 줄 수는 없었다.

제갈현몽은 하늘을 바라보았다.

'흰 연기.'

처음 보는 연기 색이었지만, 대충 어떤 의미인지는 알 수 있었다.

지금 그들은 벼랑 가까이 몰려 있었다. 그런 상황에서 피어오른 흰 연기의 의미란 뻔할 수밖에 없었다.

"사형. 이제 슬슬 모습을 보일 때가 된 것 같소."

"……역시 사제로군. 내가 모습을 드러낼 것이라는 것도 짐작했나 보지?"

제갈유가 모습을 드러내며 차갑게 내뱉었다.

"그렇소. 그렇다면?"

"내 약점은 나도 알고 있다. 그래도 궁금하군."

"그렇다는 건 사형도?"

"물론."

두 모사의 대화를 듣고 있던 사람들의 표정이 기괴해졌다.

도대체 무슨 이야기를 하고 있는 건지 알 수가 없었기 때문이었다.

그리고 그건 장본인도 마찬가지였다.

"너……? 혹시?"

제갈유의 눈이 살짝 가늘어졌다.

방금 그들이 나눈 것은 제갈씨 특유의 대화압축법. 중간 과정을 죄다 날려 먹고 원인과 결론만을 나누는 대화법이었는데, 어지간한 사람들은 아무리 그 존재를 알고 있다 하더라도 쉽게 알아차리기 어려웠다.

그런데 분명 제갈씨가 아닌 독심서생이 전혀 아무렇지도 않게 그 대화에 따라오고 있는 것이다.

'아차.'

제갈현몽도 슬쩍 혀를 찼다.

지금 상황이 급박하다 보니 급하게 대화를 하다 보니 조금 허점을 노출한 셈이였다.

'어차피 시간을 끌 계획은 없다.'

제갈현몽은 바로 휘파람을 불었다.

휘이이익!

제갈유는 생각에 빠져 있다가도 제갈현몽의 움직임에 바로 반응했다. 바로 부적을 펼쳐 자신의 몸을 보호한 것이다.

하지만 제갈현몽이 휘파람을 분 것은 제갈유를 공격하기 위함이 아니었다.

북해의 마령에게서 제갈현몽이 받은 권능은 바로 늑대들과 심령을 통하는 것. 자신의 뜻으로 늑대 무리를 자유자재로 움직일 수 있는 권능이었다.

아우우우우우!

여기저기서 늑대의 울음소리가 울려 퍼지기 시작했다. 그 울음소리에 주변을 둘러싸던 사도련의 무사들이 당황하기 시작했다.

"늑대들? 설마……!"

제갈유는 산속 깊숙이 제갈현몽을 유도하면서 지형을 이용해 그들의 퇴로를 가로막은 상황이었다.

덕분에 주변은 나무들로 빽빽하게 가로막혀 있어 보통이라면 운신이 어려운 상황이었고, 말이나 경공을 써도 그리 쉽게는 돌파가 어려운 지형이었다.

하지만, 제갈현몽의 휘파람과 함께 모습을 드러낸 늑대들은 어딘가 달랐다.

보통의 늑대보다 훨씬 크고 날렵했으며, 지면만이 아니라 나무 등을 박차면서 입체적으로 달려든 것이다.

파바박!

사도련의 포위망을 가볍게 뛰어넘은 늑대들은 그대로 제갈현몽 일행을 덮쳤다.

그와 동시에 늑대 위에 바싹 엎드려 있던 자들이 손을 뻗어 사람들을 끌어당겼다.

제갈유도 익히 알고 있는 자들이었다.

"북해빙궁의 무사들! 설마 이것까지 전부 예비한 것이더냐!?"

제갈유는 그 말을 하면서 인정하지 않을 수 없었다.

아무리 의식해서 부정을 해 보아도, 자신의 안에서 독심서생은 이미 자신을 뛰어넘은 지 오래였다.

어쩌면 북해빙궁의 무사들을 끌어들인 이유 또한 여기에서 이런 전개가 될 것을 예상하고 미리 포섭한 것이 아닐까 하는 생각이 드는 것이다.

그리고 마찬가지로 제갈현몽도 그런 제갈유의 심경을 꿰뚫어 보았다.

'평소라면 부정했겠지만……'

유감스럽게도 지금의 제갈현몽은 무후재림이 아닌 독심서생이었다.

"물론이오, 사형. 독심서생은 모든 걸 계산하고 있지."

"네놈!"

죄수들을 태운 늑대들이 그대로 가볍게 숲을 주파해 나가면서 치밀하게 짜 둔 포위망을 빠져나가기 시작했다.

몇몇 사도련의 무사들이 노련하게 늑대들을 쫓거나, 검기 등을 날려 견제를 해 보았지만, 나무까지 박차면서 도망가는 데다 늑대 뒤에서 타고 있던 북해빙궁의 무사들이 방어하자 어쩔 도리가 없었다.

그런 가운데, 유난히 커다란 늑대 한 마리가 제갈현몽의 눈앞에 나타났다.

"독심서생! 타시오!"

"음."

제갈현몽이 손을 뻗자마자, 북궁수가 강하게 쥐고 잡아끌었다.
"오래간만입니다. 북궁 소궁주님."
"환담은 나중에! 탈출하겠소!"
북궁수는 그렇게 외치면서 늑대에 박차를 가했다.
제갈현몽도 더 이야기를 이어 나갈 수 없었다. 아찔한 정도의 속도감과, 조금이라도 힘을 느슨하게 하다가는 바로 튕겨져 나갈 것 같은 반발력이 동시에 느껴졌으니까.
제갈현몽은 안도의 한숨을 내쉬었다.
'어떻게 되나 싶었지만 운이 좋았다.'
당연하게도 제갈현몽도 모든 것을 예측한 것은 아니었다.
다만 어느 정도 안배한 것들이 상황 좋게 맞아떨어져 이런 상황을 도출할 수 있던 것.
-종패 대협은?
-예정된 장소에 대기하고 있소! 조금만 더 가면…….
말을 하던 북궁수의 말이 갑자기 멎었다.
동시에 제갈현몽도 섬뜩한 느낌을 받고는 그 느낌이 향하는 곳을 바라보았다.
"……."
별로 반갑지 않은 한 중년인이, 자신을 향해 강기가 서린 창을 찔러 오고 있었다.

* * *

 타락한 정령을 잡은 뒤, 알렌은 북부원정대로 돌아왔다.
 그냥 돌아온 것은 아니었다.
 마족의 손이 닿은 북부의 지대는 굳이 마족이 아니더라도 이래저래 문제가 많이 있었다.
 그리고 알렌은 그런 문제에 모조리 개입했다.
 때로는 북부의 수해(樹海)에 있는 장이족(長耳族)이 신성시하는 세계수에 방문했다.
 '정말 커다랗군.'
 제갈현몽은 꿈속에서 그것을 보고 감탄했다.
 아무리 다른 세계라는 것을 감안해도, 세계수의 높이는 드높아서 꿈속에서 새 형상을 하고 있는 제갈현몽으로서도 전부 파악하기 어려울 정도의 높이를 가지고 있었다.
 그 정도가 되면 나무라기보다는 대륙이나, 허공에 떠 있는 섬과 같을 정도였다.
 그리고 그 세계수는 어떤 기생충에 의해 수액이 빨아먹히고 있었다.
 알렌이 맡은 것은 그런 세계수를 갉아먹는 마물을 찾아내는 것이었다.
 우여곡절 끝에 알렌은 그 마물을 물리치고 세계수의 복원에 성공했다.

'불태우려고 하지 않은 게 다행이군.'

알렌에게 태연하게 실례되는 생각을 하면서 제갈현몽은 알렌이 세계수의 정수로 추측되는 존재에게서 축복 비슷한 것을 받는 것을 바라보았다.

그리고 알렌은 세계수를 떠나갔지만, 일행은 하나 늘어 있었다.

본래 세계수의 목소리를 듣는다던 장이족의 무녀(巫女)였다.

그렇게 되자 무녀와 본래 일행에 함께하던 잔느라는 소녀가 묘하게 신경전을 벌이는 모습이 보였다.

그리고 그 모습을 허공에서 맘 편히 앉아서 구경하면서 제갈현몽이 한심해하기 시작했다.

'저 녀석은 눈치도 없나?'

알렌은 여러모로 결함이 많은 사람이었지만, 참으로 이해할 수 없게도 그런 그를 좋아하는 사람이 있었다.

누가 봐도 잔느와 장이족의 무녀가 알렌을 마음에 들어 하고 있는 것이 보였다.

다른 사람도 다 눈치채고 있는데, 정작 당사자만 눈치를 못 채고 답답하게 구는 것이다.

제갈현몽으로서는 도저히 이해가 안 되는 일이었다. 저 정도로 호의를 보내면 남자로서 당연히 알아먹어야 하는 것 아닌가?

'하기야 나는 저렇게 인기 있어 본 적이 없어서 잘 모르겠군.'

머리에 든 것이 먹물밖에 없는지라 사실 제갈현몽이 남녀 관계에 대해서 뭐라 이러쿵저러쿵 내뱉을 처지가 아니었다.

그러는 사이 알렌은 돌아가는 도중에 이번에는 산맥의 동굴에 들러서 난쟁이족과의 인연을 쌓았고…….

그렇게 북부원정대로 돌아가자 로우론이 묘한 표정을 지었다.

"제자야, 분명 수련을 하러 다녀온다고 하지 않았더냐?"

"그렇습니다."

제갈현몽은 로우론의 심경을 이해할 수 있었다.

좀 무모하기는 하지만 강력한 마물과 싸워서, 마정석을 취하고 강해져서 돌아오겠다는 알렌의 행보는 납득할 수 있었다.

하지만 오는 도중에 별별 인연을 만나고, 똑같이 마족과 대항하기는 하지만 독자 행동을 하고 있던 종족들을 통합하고, 산재한 여러 문제를 해결해 마족과의 싸움에만 집중할 수 있도록 하는 것은 예상 밖의 일이었다.

"도대체 무슨 일이 있던 것이냐?"

"음……."

알렌은 오래도록 고민하다가 고개를 끄덕였다.

결코 달변은 아니었지만, 오랜 시간 동안 보아 온 결과 대개의 경우를 넘어갈 수 있게 해 주는 마법과도 같은 말을 하나 알고 있었던 것이다.

"운이 좋았습니다."

"그, 그러냐."

'이런, 운이 좋았다고만 하는 게 아니라 이 경우는 다른 사람에게 공을 돌렸어야지.'

저렇게 말하면 주변 사람들이 제멋대로 오해를 시작하는 것이다.

경험담에서 나온 말이었다. 제갈현몽도 맨 처음에는 저게 잘 대응하는 것인 줄 알았다가 나중에 정신을 차려 보니까 무후재림이니 하는 이상한 별호로 불리기 시작하지 않았나.

그리고 알렌도 북부원정대에서 비슷한 역할을 해 나가기 시작했다.

처음에는 로우론을 구하기 위해서 억지로 참여했던 북부원정대였는데, 어느 순간부터 알렌은 없어서는 안 될 인물이 되어 있었다.

어느덧 중요한 작전에도 참여할 정도로.

"알렌아. 우리들의 원정에서 가장 중요한 것이 무엇인 줄 아느냐?"

"게이트를 닫는 것이지요."

"그래."

로우론은 고개를 끄덕였다.

"과거 마족은 이 땅의 지배자였다. 인간들은 그들의 양식에 불과했지. 말하자면 가축 같은 취급을 받았다고 해도 무방했다."

마족들이 인간에게서 힘을 받는 것은 다름 아니었다.

인간들의 강렬한 부의 감정, 그리고 그들이 타락하면서 얻어지는 것이 그들의 힘이 되었다.

강력한 마족들은 더더욱 많은 노예 인간들을 부리면서 힘을 길러 나갔고, 때로는 같은 마족들과 전쟁을 벌이면서 부의 힘을 수급해 나갔다.

모든 인간들이 마족에게 길러지는 것은 아니었다.

때로는 마족에게 떨어져 나와 독자적으로 반항을 하는 자들도 있었다. 그들은 아직 마법이 정립되지 않았을 적, 원시 마법이라고 불리는 것을 바탕으로 마족들과 대항해 나갔다.

그렇다고는 하지만, 마족들에게는 간지러운 대항이었다.

"일종의 사냥감 같은 취급이었지. 그런 상황이 바뀐 것은 어느 날 최초의 대마법사가 등장하고 난 뒤였다."

"최초의 대마법사······."

이전에도 한번 설명받은 적이 있었다.

이름은 남아 있지 않았다. 그저 최초의 대마법사라고

불린 그 인물은, 흩어진 고대 마법을 모아 하나로 묶고 그것을 정립해 서클이라는 개념을 처음으로 만들었다.

"그리고 그분은 마족들을 몰아내는 것에 성공해, 게이트를 만들어 외차원으로 쫓아 버리고 봉인하셨다."

그때부터 마족과 인간의 전쟁은 게이트를 넘어오고자 하는 자와, 게이트를 봉쇄하고자 하는 자와의 싸움이 되었다.

마족들은 게이트 너머 외차원에 쫓겨났음에도 불구하고 갖은 수단으로 다시 대륙에 개입하고자 했고, 과거의 영광을 되찾으려고 했다.

그럼에도 게이트는 넘지 못했다. 이따금 본체만큼 강력한 힘을 가진 분신을 들여보내기는 했지만, 그 이상은 불가능했다.

그만큼 최초의 대마법사가 세운 게이트는 단단했던 것이다.

"그리고 우리 북부원정대의 숙원은, 그런 게이트를 넘어 문제의 원인을 제거하는 것이다."

본래라면 하지 못했을 생각이었지만, 일련의 사태로 인해 북부원정대의 전력은 과거 그 어느 때보다 크게 상승한 상태였다.

로우론은 알렌에게 말했다.

"이따금 그래서 우리들 또한 게이트를 넘어 외차원을

탐사하곤 한단다. 본래라면 소수의 인원 몇 명만이 하는 일이지만……알렌아. 이번에는 너도 참여해도 되겠구나."

그렇게 알렌은 게이트를 넘어가는 탐사대의 일원으로 선정되었다.

얼마 후, 로우론은 알렌과 함께 게이트를 넘었다.

게이트 너머는 대륙과는 또 다른 세계였다. 그곳의 마물들은 대륙에 비해서 훨씬 강하고 기괴한 것들이 많았다.

때로 환경 자체가 마물보다 더더욱 위험했다.

게이트 너머 탐사를 위해 로우론과 같은 대마법사가 필수인 이유가 있었다. 갑자기 지진이 터지거나, 아무 전조도 없이 눈 폭풍과 같은 재해가 일어났을때 대응할 수 있는 건 대마법사가 아닌 한 불가능했으니까.

'대단하군.'

제갈현몽은 로우론이 일곱 개의 고리를 가진 대마법사라는 것을 알고 있었지만, 지금까지 진짜 실력을 본 적이 없었다.

그저 막연하게나마 대단하다고 느꼈을 뿐이었다. 하지만 외차원에서 진짜 실력을 내보이는 로우론은 정말 완전무결해 보여서 배울 점이 많았다.

로우론은 알렌이 이미 자신과 다른 길을 걷고 있음을 알고 있었지만, 그런 자신의 지식과 경험을 기꺼이 가르쳐 주었다. 물론 그것을 더 잘 받아들이는 것은 알렌이 아니라 제갈현몽이었다.

'돌아가서 유용하게 써먹을 수가 있겠군.'

그리고 그러다가 문득 생각이 들었다.

'……돌아가서?'

……꿈이 너무 길지 않나?

'그러고 보니……. 어떻게 된 거지?'

그와 동시에, 제갈현몽의 의식이 급속하게 부상하기 시작했다.

* * *

가장 먼저 느껴진 것은 통증이었다.

"으, 으으……."

'통증이 느껴진다는 것은 그리 나쁜 신호가 아니다.'

'죽지 않았다는 것이니까.'

제갈현몽은 몽롱한 가운데에서도 느껴지는 그런 알렌의 감상을 듣고는 어처구니없어 했다.

'그걸 말이라고 하는 건가?'

통증을 느끼면서 살아 있으니 잘됐다고 말하는 건 어딘가 좀 이상한 사람들이나 할 수 있는 발상 아닌가.

제갈현몽은 천천히 눈을 떴다.

시야가 약간 흐릿했다. 제갈현몽은 눈을 비볐다. 온몸

이 뻐근하고 아파 왔지만, 그 정도는 할 수 있었다.
 "……정신이 들었소?"
 "북궁 소협?"
 북궁수가 물주머니를 내밀었다. 제갈현몽은 그것을 마셨다. 안 그래도 목이 말랐는데 한결 나아진 기분이었다.
 "어떻게 된 겁니까?"
 "마지막 순간에 초절정 고수가 모습을 드러냈소."
 "아."
 제갈현몽도 기억이 났다.
 마지막 순간, 탈출에 거의 성공했다고 여겨졌을 때의 일이다. 창을 든 중년인이 자신을 향해 공격하던 모습이 화인처럼 박혀 있었다.
 "다행히 거리가 있어서 치명상은 피할 수 있었지만 늑대를 잃고 벼랑 아래로 떨어질 수밖에 없었소."
 "정신을 잃고 떨어졌는데 잘도 살아 있었군요. 아니, 그렇다는 건 늑대가 방패막이가 된 겁니까?"
 "……그런 셈이지."
 제갈현몽은 그제서야 전신이 피로 범벅이 되고 아파 오는데도 불구하고 상대적으로 몸이 멀쩡한지 알 수 있었다.
 "……운이 좋았군요."
 늑대가 방패가 되어 줘서 산 것을 말한 것이 아니었다.
 '내가 너무 제갈유를 얕잡아 보고 있었다.'

제갈현몽은 제갈유가 어느 정도 자신의 손아귀 안에서 움직인다고 생각하고 있었다.

그랬기에 제갈유가 펼쳐 둔 포위망을 역으로 이용해서, 단번에 포위망을 벗겨 낼 생각을 한 것이었다.

한 가지 맹점이 있었다.

'제갈유 또한 자신의 약점을 인식했다.'

제갈현몽이 제갈유를 본 만큼, 제갈유 또한 제갈현몽을 보았다.

그래서 제갈현몽이 자신이 만들어 둔 진식을 돌파할 것이라는 것을 예상했다.

방법은 모르지만, 결과를 예상할 수는 있었다.

그래서 마지막으로 제갈유 자신조차 예측하지 못하는 패를 내밀었다.

그것이 다름 아닌 창을 든 중년인이었다.

과거 사도련에서 도망치려고 했을 때, 제갈현몽이 도저히 벗겨 내지 못했던 초절정고수.

제갈현몽은 머리를 긁었다.

상대를 얕잡아 보았음에도 살아남았으니, 운이 좋았다고밖에 할 도리가 없었다.

"다행히 아직 추격대가 오지는 않은 모양이군요."

"그렇소. 하지만 시간문제겠지."

"나머지 사람들은 모두 도망쳤을까요?"

"아마도. 하지만 지금은 그런 걸 생각할 때가 아닌 듯하군."

북궁수는 어깨를 으쓱했다. 제갈현몽도 쓴웃음을 지었다.

하기야 남 걱정도 일단 자신들이 살고 봐야 할 수 있는 것 아니겠는가.

"그렇습니다. 북궁 소협. 같이 이 고난을 헤쳐 나가지요."

"그래야지."

"그런 의미에서 하나 부탁드려도 되겠습니까? 저희가 함께 탈출하기 위해서는 꼭 필요한 일입니다."

"무엇이든 말씀하시오."

북궁수가 제갈현몽의 진지한 말에 몸가짐을 바로 하고 대답하자, 제갈현몽이 입을 열었다.

"사실 제가 온몸이 아파서 제대로 움직일 수 없어서 그런데, 저 좀 업어 주실 수 있겠습니까?"

"……."

기분 탓일까.

제갈현몽은 북궁수의 눈에서 존경의 빛이 옅어지는 것을 느꼈다.

"그동안 어떻게 하시고 계셨습니까?"

"떨어지고 난 다음에 말이오? 여러 가지 일이 있었지."

그날, 비와 폭풍우가 몰아치는 가운데 북궁수와 종패는 결사의 탈출을 감행했다.

사도련에서도 반란을 눈치챈 만큼, 도망을 저지하기 위한 시도는 여러모로 해 둔 상태였다.

'다만 늑대가 벽을 타고 올라올 것이라고는 예상하지 못했겠지만.'

참고로 북궁수도 예상하지 못한 일이었다.

아무튼 겨우겨우 수문을 열고, 종패를 비롯한 사람들을 탈출시키는 데 성공한 북궁수는 그대로 소주에까지 올라간 이후 장강을 넘어 무림맹의 영역에까지 닿았다.

"그 이후였소. 그대가 사로잡혔다는 것을 안 것은. 어찌할 도리가 없었지."

북해빙궁의 무사들은 모험을 즐기고, 무모한 짓을 많이 한다.

하지만 그런 그들도, 그들만으로 사도련에 쳐들어가서 제갈현몽을 구출하겠다는 생각을 하지는 않았다.

그건 구출이라기보다는 자살 행위에 가까운 것이었으니까.

"그렇군요. 그러면 제갈 가주님에게 연락하신 겁니까?"

"그렇소."

북궁수는 고개를 끄덕였다.

자신이 중원에 와서 유일하게 믿을 만한 구석이라고 할 수 있던 것은 사마군과 제갈중명이었다.

다만, 사마군과는 조금 껄끄러운 느낌이 없지 않아 있

으니 자연스레 제갈중명에게 이야기를 할 수밖에 없었다.
"그렇다면 안심해도 되겠군요. 제갈 가주님이시라면 분명 방도를 찾으실 겁니다."
"그렇겠지. 일단 여기에서 벗어나고 난 다음의 이야기겠지만."
그들은 지금 벼랑 밑으로 떨어져 있었다.
일시적으로 사도련의 눈에서 벗어난 상태였지만, 그렇다고 안심할 수 없는 상황이었다.
아직 멀기는 했지만, 사방에서 호각 소리가 들려오면서 제갈현몽을 찾으려고 드는 움직임이 느껴졌다.
벼랑에서 떨어졌으니 목숨을 부지하기는 어려울 테지만, 그럼에도 불구하고 시체라도 찾으려는 듯한 움직임이었다.
"참 열심이군요. 제가 전해 듣기로는, 보통 이런 상황에서는 포기하고 돌아가자고 하는 게 정석 아닙니까?"
"보통은 그렇겠지만 이번에는 상황이 조금 다르지 않소."
"뭐가 다르다는 겁니까?"
"해 온 것을 생각해 보시오. 지금까지 독심서생이 말도 안 되는 업적을 이룬 게 한두 번이었어야지."
"그건 운이 좋은 겁니다."
"그럼 이번에도 운이 좋을 거라고 생각하는 게 당연하지 않겠소?"

"……."

제갈현몽은 입을 다물었다.

'북궁 소협도 화술이 늘었군.'

자신이 한 말을 바탕으로 하여금 더 말을 할 수 없게 옭아매는 수법은 아무나 쉽게 할 수 있는 것이 아니었다.

"그보다는 서두르지요. 종패 대협이 퇴로를 지키고 있다고 해도, 사도련이 가만히 두고 보지는 않을 겁니다."

"그래야지."

북궁수는 그렇게 말하면서 제갈현몽을 다시 고쳐 업었다.

아무리 무공 고수라고 해도 사람 하나를 업은 만큼 부담이 없지 않았지만…….

"아, 잠시 기다려 주십시오."

제갈현몽은 그리 말하며 북궁수에게 여러 마법을 걸었다.

신체를 강화하고, 자신들의 몸을 가볍게 하고, 그들에게서 나는 소리를 억제하고, 환영을 걸어 흐릿하게 만들고, 인지 감각을 어지럽히는 술법이었다.

"다른 사람과 함께 펼치는 것은 처음이지만, 그래도 어찌어찌 세 번은 쓸 수 있으니 필요할 때 말씀해 주십시오."

"……."

"그리고 아마 개를 풀어서 저희들의 냄새와 자취를 추적할 텐데 그건 걱정 안 하셔도 됩니다. 늑대들을 다룰 때와 비슷하게 후각은 교란시켜 두었고, 술법으로 밟힌

수풀의 자국은 원래대로 복원되게끔 조치해 두었으니 추종술로 저희들을 쫓아 올 걱정은 덜어도…… 왜 그런 눈빛으로 보십니까?"

"아, 아니."

북궁수는 다소 떨떠름한 표정으로 물었다.

"혹시 이렇게 낙오하는 것도 계획의 일부요?"

"무슨 말도 안 되는 말씀을 하시는 겁니까. 일부러 이런 꼴에 닥치고 싶어 하는 사람이 어디 있다고?"

하지만 그런 것치고는 너무 준비가 철저한 것 같았다.

마치 이런 적진 한가운데 여러 번 던져져 봤던 경험이 있는 것처럼 너무도 능숙하게 준비한 것이다.

"아, 이건……."

제갈현몽은 북궁수가 무슨 오해를 하고 있는 건지 알아채고는 말하다가 머리를 긁적였다.

알렌의 꿈에서 로우론이 하는 것을 보다 보니 자연스레 경험이 쌓였을 뿐이었는데, 그게 생각지도 않게 오해를 불러일으킨 것이리라.

"유비무환이라고 하지 않습니까. 혹시 이런 일도 있을 수 있으니 미리 대비하고 있던 것입니다. 이상한 오해는 하지 말아 주십시오."

"과연 제갈 가주께서 말씀하셨던 대로 겸손하군."

"……?"

왜 여기에서 제갈중명의 이름이 나오는 것이지?

제갈현몽은 잠시 그런 의문이 스쳐 지나갔지만, 초인적인 인내심으로 그 말을 참아넘겼다.

때로 어떤 호기심은 해결하는 순간 도리어 수렁에 빠지는 것도 있었다.

이번 경우가 바로 그리했다.

괜히 어설프게 물어봤다가 제갈중명의 말도 안 되는 오해를 깨닫고는 치명상을 받는 것은 제갈현몽인 것이다.

"과연 무림일통을 할……."

"뭐라고 하셨습니까? 잘못 들었습니다."

"제갈 가주께서는 그대가 무림……."

"이제 포위망을 돌파해야 하니 흡음부를 붙이겠습니다. 너무 서운하게 생각하지 마십시오."

제갈현몽은 북궁수의 등에 흡음부를 붙였다.

"……."

북궁수는 그런 제갈현몽을 잠시 바라보았지만, 결국 납득하고는 움직였다.

제갈현몽의 말대로였다. 지금 이 상황에서는 말을 아끼고 발을 움직이는 것이 훨씬 효율적이었으니까.

"어디까지나 준비가 철저한 것뿐입니다. 실제로는 북궁 소협이 힘내 주셔야 합니다. 아, 그런데 저 갈림길에서는 왼쪽으로 가시는 게 좋겠습니다. 위에서 보니 매복이 있군요."

"역시 개를 풀었군요. 괜찮습니다. 저희의 체취를 방금 전 만난 야생동물에게 묻혀 두었으니 멀리 따돌릴 수 있을 겁니다."

"슬슬 쉬시지요. 도주에도 휴식이 필요하니까요. 여기 토끼입니다. 어디에서 구했냐고요? 저도 토끼 정도는 잡을 수 있습니다. 흔적은 남기지 않았으니 안심하셔도 좋습니다. 손질도 어느 정도 마쳐 두었고, 먹고 난 흔적은 땅속 깊이 파묻어서 지우겠습니다. 불 말입니까?"

제갈현몽은 판관필을 토끼에 대고 마법을 시전했다.

그러자 열기가 토끼를 휘감았고, 이내 불길도 없이 고기가 노릇하게 익어 나갔다.

"잘 익었군요. 받으십시오."

북궁수는 제갈현몽에게서 잘 익은 토끼 고기를 건네받고는 생각했다.

'음, 이런 걸 생각한 것은 아닌데.'

홀로 나오해서 쫓길 때 생각한 추격전은 지금 그들이 겪고 있는 것과 좀 많이 달랐던 것이다.

북궁수가 읽었던 서책 중에서도 주인공(과 주인공의 연인)이 쫓기는 장면이 있었다.

그 과정에서 온갖 고난과 시련을 힘을 합쳐 넘어가면서 굳게 결속되는 장면이 자주 나오는 것이다.

이렇게 날로 먹는 장면이 아니라!

딱히 고난과 시련을 좋아하는 건 아니지만, 그래도 내심 한 번쯤은 동경하던 장면이었다.

'역시 북해빙궁의 사람 아니랄까 봐 아쉬워하는군.'

제갈현몽은 그런 북궁수의 표정을 읽고는 묘한 표정을 지었다.

세간에서 말하는 타심통을 익힌 것은 아니었지만, 워낙 북해빙궁 사람들과 이래저래 인연이 생기다 보니 알 수밖에 없었다.

북해빙궁의 사람들은 쓸데없이 고난과 시련을 좋아하는 경향이 있었다.

"배가 안 고프십니까? 그래도 먹어 두셔야 합니다."

제갈현몽은 다 먹은 토끼 뼈를 한 군데에 가지런히 놓아 두면서 말했다.

"지금까지는 별문제 없이 순탄하게 넘어왔지만, 한 번은 충돌이 불가피하거든요."

"역시!"

"……."

제갈현몽은 되려 반가워하는 북궁수를 보더니 살짝 고개를 끄덕였다. 그 모습에 북궁수는 아차 했다.

"아, 아니. 아니오. 이건 그런 게 아니라……."

"아닙니다. 소생은, 아니 저는 이해합니다. 역시 북궁 소협도 북해빙궁의 사람이군요."

"……크윽."

북궁수는 제갈현몽의 말에 분했지만 반박하지 못했다.

"아무튼, 포위망은 한 번은 뚫어야 할 겁니다. 제갈유도 저희들을 포기하지 않을 것이고요. 그리고 무엇보다."

제갈현몽은 문득 이상할 정도로 자주 마주치는 창을 든 초절정고수의 얼굴을 떠올랐다.

딱히 근거는 없었다. 하지만 어떤 직감은 들었다.

그자가 자신의 길을 막는 최후의 장애물이 될 것 같다는 생각.

"……일단 종패 대협에게로 서둘러 가지요. 예감이 별로 좋지 않습니다."

* * *

종패는 좁은 협곡의 길목을 가로막고, 눈을 감고 기다리고 있었다.

손에는 빙정이 쥐어져 있었다.

제갈현몽이 마지막 순간에 쥐어 준 것이었다.

"……."

딸의 절맥을 고칠 수 있는 영약이었다.

가장 원하는 것을 손에 쥐었음에도 불구하고, 종패는

차마 사마세가로 떠날 수가 없었다.

'뭘 하고 있는 건지.'

마음만 먹으면 떠날 수 있다.

최소한 빙정이라도 먼저 보낼 수 있다.

그럼에도 불구하고, 종패는 지금 이 자리에서 일어나지 못했다. 그러기에는 자신이 떠나면서 했던 말이 화인처럼 새겨져 있었으니까.

-꼭 다시 돌아오마.

종패는 눈을 떴다.

늑대 울음소리가 울려 퍼지고 있었다.

아우우우우우!

"왔나."

종패는 수라도를 들고는 자리에서 일어났다. 시선을 던지자 수풀을 가르고 늑대 무리에 탄 사람들이 달려오고 있는 것이 보였다.

"수라도 종패?!"

"어째서 이곳에?"

"같은 편이오!"

절정의 극에 달한 고수의 등장에 순간 긴장이 돈 것도 찰나, 북해빙궁의 무사가 재빨리 중재에 나섰다.

"아무 일 없습니까?"

"아직은. 그나저나 독심서생은? 그대들의 소궁주도 보

이지 않는 것 같네만…….."
 "낙오했습니다."
 무사의 말에 종패의 표정이 일그러졌다.
 "설마, 그걸 보고서도 저들만 살기 위해 도망친 것은 아니겠지?"
 종패의 몸에서 물씬 살기가 피어올랐다.
 그러자 그 가운데에서 꽁지머리를 한 사내가 모습을 드러냈다.
 "종패 대협. 그럴 리가 있겠습니까. 애초에 합의된 사항이었으니, 따랐을 뿐입니다."
 "그렇다 해도!"
 "걱정하실 거 없습니다. 그 녀석 아닙니까. 어차피 아무 일 없었다는 표정으로 돌아올 겁니다."
 만수는 그렇게 말하면서 자연스럽게 늑대에서 내려 종패의 곁에 섰다.
 그 말뜻이 무엇인지를 깨달은 종패는 자연스레 살기를 거두고는 뒤를 가리켰다.
 "아무튼 도망갈 놈들은 서둘러 도망가라. 장강만 넘으면 무림맹에서 보호해 줄 것이다."
 "무림맹에서?"
 "아니, 이런 상황에서 무림맹을 어떻게 믿고…….."
 "소무결…… 그러니까 이공자가 무림맹과 합의를 마쳤

다. 어쨌든 지금은 무림맹이고 뭐고 따질 겨를이 없는 거 아닌가? 얼른 가기나 해라."

종패의 말에 사도련의 무사들은 고개를 끄덕였다.

맨 처음에 비고에서 나올 때만 해도 답도 없어 보이던 탈출에 비로소 구멍이 보이자 저도 모르게 안도감이 들었다.

그러다가 문득 하나를 깨닫고 물었다.

"잠깐, 종패. 당신은 안 가는 것이오?"

"아직 올 사람이 안 왔으니까."

종패는 그리 말하면서 수라도를 땅에 짚고 자리에서 천천히 일어났다.

슬슬 종패의 눈에도 보이기 시작했다.

그들을 쫓아온 추격자들의 무리들이었다.

"무모하오! 그대 혼자서 퇴로를 막겠다는 것인가?"

"혼자는 아니다만."

길을 막겠다는 것은 종패 하나만은 아니었다.

북해빙궁의 무사들과 조상, 만수도 자연스레 종패와 어깨를 나란히 하고 있었다.

그래도 여전히 적은 수였다.

종패는 침을 내뱉었다.

"그리고 내 별호가 뭔지 잊어버린 건 아니겠지."

그래, 지금 이상한 직함을 달고 있어서 다들 잊어버리

고 있었지만 원래 종패는 수라도라는 별호를…….

"수라광도(修羅狂刀) 종패!"

"……."

종패는 저도 모르게 한숨을 내뱉었다. 독심서생 놈 때문에 얻은 수모가 너무 많았다.

'생각해 보니까 꼭 안 구해 줘도 될 것 같다.'

물론 그냥 생각만 한 것이다.

종패는 시선을 던졌다. 사도련의 무사들이 몰려오고 있었다.

수는 적지 않다. 이곳이 좁은 협곡이 아니었더라면, 진작에 포위당해 죽었으리라.

"자, 와라. 내가 수라도 종패다!"

* * *

"저기 있다!"

"쫓아라!"

당연하지만, 제갈현몽의 마법도 만능은 아니었다.

'생각보다 더 빨리 들켰군.'

한두 명도 아니고 수십 수백 명이 제갈현몽의 자취 하나만을 쫓고 있었다.

자취를 지우고, 흔적을 감추고, 모습과 기척을 가려도

전부 숨길 수 있는 건 아니었다.

무공이 높은 사람의 직감은 마법을 능가하곤 했다.

휘루루루!

제갈현몽은 자전시를 던졌다. 보랏빛 뇌전을 두른 자전시가 자신들에게 달려들려는 무사들을 가로막듯이 비행했다.

"흥, 이딴 사술 따위를!"

한 무사가 코웃음을 치면서 자전시를 후려쳤다. 화살이 제멋대로 움직인다는 것이 신기하기는 했지만, 그래 봤자 화살이었고 쏘아진 것보다는 훨씬 느렸다.

일류 무인이라면 충분히 집중하면 저 정도는 어렵지 않게 쳐낼 수 있는 것이다.

하지만 그 순간 제갈현몽의 자전시에 알렌의 의지가 개입하면서 기묘한 움직임을 보였다.

'무슨!?'

화살로 펼치는 것이기는 하지만 저건 분명 절정에 달한 무인의 움직임이었다.

제멋대로 휘어지고 구부러지면서 무사의 검을 촉 끝으로 받아 낸 자전시가 전류를 흘리며 무사의 볼을 스치고 지나갔다.

털썩-!

그렇게 무사가 풀썩 쓰러지고, 자전시는 공중에서 크게

홰를 치고는 제갈현몽의 손으로 들어왔다.

"괜찮소?"

"그럭저럭 괜찮습니다. 그나저나 죄송합니다."

제갈현몽은 북궁수의 등에 업힌 채로 사과했다.

고리 네개를 얻어 예전보다 더 효율적으로 마력을 사용할 수 있었고 마력의 총량도 늘어났지만.

그래도 기본적으로 중원의 기운은 알렌의 세계보다 옅기에 소모가 빠를 수밖에 없었다.

거기에 제갈현몽의 집중력도 무한한 것은 아니었다.

괜히 부적을 여러 장 들고 다닌 것이 아니었다. 그렇게라도 미리 만들어 두지 않으면 마력의 소모를 감당할 수 없었으니까.

"저기다!"

"그물을 펼쳐!"

"흠!"

북궁수는 힘을 모아 장력을 분출했다. 쏟아지려던 그물들이 장력의 영향을 받아 되려 날라갔다. 동시에 제갈현몽이 북궁수의 전방을 향해 판관필을 짚었다.

휘익!

낙엽과 마른 잔가지 따위가 갑작스런 돌풍에 휘말리면서 벗겨지자, 그 안에 들어 있던 마름쇠가 보였다.

'그물도 눈속임으로 써먹은 건가? 지독하군.'

급조한 함정일 텐데도 하나하나가 치명적이었다.

그사이 제갈현몽이 그대로 판관필을 다시 들어 올려 뒤를 가리키자 마름쇠가 여기저기 흩뿌려졌고.

그대로 한 바퀴 돌리니 마법이 하나 더 덧씌워졌다.

환영의 마법이었다.

"크윽! 부, 분명 맨바닥을 밟았는데……?"

"저 사술쟁이가 또다시 사술을 부린다! 눈에 의지하지 말고 경공을 펼칠 때 크게 뛰어오르지 마라!"

사도련의 저주 어린 외침을 들은 제갈현몽이 입을 살짝 삐죽였다.

"왜 다들 술법에 편견을 가지고 있는 건지…… 뭐만 하면 사술쟁이라고 하니 좀 그렇군요."

사실 북궁수도 입장이 반대였으면 저도 저들과 같은 반응이었을 테지만, 현명한 북궁수는 입을 여는 우를 범하지 않았다.

대신 사도련이 주춤한 틈을 타 북궁수는 크게 거리를 벌렸다.

"보이는군."

미리 정해 둔 합류 지점에 종패가 사도련의 무사들을 상대로 길을 막고 있는 것이 보였다.

반대로 말하자면 넘어야 할 하나의 난관이 있다는 것이다.

종패에 합류하기 위해서는 중간에 있는 사도련의 무사들을 뛰어넘어야 하기 때문.

북궁수가 외쳤다.

"지금이오!"

제갈현몽은 남은 마력과 모아 둔 정신력을 그러모았다.

북궁수가 지면을 딛고 강하게 뛰어오르면서 외친 순간, 제갈현몽은 축지법을 펼쳤다.

북궁수가 뛰어든 그 공간이 접히는 듯한 느낌이 들면서, 북궁수의 몸이 믿을 수 없을 정도로 훨훨 날아 사도련 무사들의 머리 위를 가로질러 나갔다.

그것도 한 번이 아니었다.

속도가 줄어 떨어지자 제갈현몽은 마력을 모아 공기를 뭉쳐 발판을 만들었다.

한 번 내디디면 부서져 버릴 정도로 연약한 것이었지만, 그래도 한 번 더 추진력을 발하기에는 충분했다.

"허, 허공답보!"

"저자는 대체……?!"

자신의 머리 위로 북궁수가 지나가는 것을 본 무사들 가운데에서 탄성이 터져 나왔다.

이제 곧 이상한 별호가 하나 추가될 예정인 북궁수가 종패 일행 사이로 내려앉았다.

"소궁주님!"

"서운합니다! 혼자서만 그리 재밌게 즐기시면 어떡합니까!"

"……."

북궁수는 북해빙궁 무사들의 말을 들으면서 다시금 생각했다.

'역시 북해빙궁은 좀 문제가 있는 것 아닌가?'

하지만 지금은 그걸 신경 쓸 때가 아니었다.

이상하게 아까 전부터 제갈현몽의 몸이 축 늘어져 있었고 무거웠다.

"와…… 독심서생! 괜찮은 거냐?"

"……그럭저럭 괜찮습니다. 그냥 좀 지친 것뿐이니."

제갈현몽은 그리 대꾸했다.

사실 아닌 게 아니라 그랬다. 무공 하나 익히지 않은 몸으로 비고를 탈출하고 낙오당하고 탈출극까지 벌이고 있는 것이다.

제갈현몽은 그리 답하면서 혈인이 된 종패를 바라보았다.

"종패 대협. 오셨습니까."

"그래. 네놈을 두고 딸에게 가려니 영 꿈자리가 사나워서 말이야."

"더 버틸 수 있겠습니까?"

"그래. 네놈의 꽁무니가 안 보일때까지는 충분히."

종패의 말에 제갈현몽은 빙긋 웃음을 지었다.

"아무래도 피리는 이제 필요 없겠지만…… 음률은 기억하시고 계시겠지요. 위험할 때는 제가 연주했던 음률을 떠올리십시오."

"빨리 가기나 해라."

종패의 말에 제갈현몽의 몸이 다시 축 늘어졌다.

북궁수가 그런 제갈현몽을 업고 다시 협곡을 빠져나가기 시작했다.

"독심서생이 빠져나간다!"

"몰려오는군."

종패는 쓰게 웃음을 지었다.

제갈현몽이 도망치면서 워낙 시선을 많이 끌어서 그런지 아까 전보다 더욱 추격대가 많아져 있었다.

제갈현몽이 탈출할 시간을 벌어 줘야 했다.

종패는 수라도를 쥐었다. 한참을 휘두르다가 다시 쥐어서 그런지 조금 수라도가 무거웠다.

"루, 루루루루……."

약간 몽롱해진 상태에서 종패는 저도 모르게 노래를 흥얼거리기 시작했다.

이전 제갈현몽이 피리로 불어 주었던 음률이었다. 그 음률을 흥얼거리자 기이하게도 이것저것 복잡하게 얽혀 있던 생각들이 기름칠이라도 한 것처럼 매끄럽게 풀려나가는 기분이었다.

'언제부터였을까.'

뭔가 마음이 홀가분한 느낌이었다.

지금처럼, 자신이 스스로 나서서 마음껏 도를 휘둘러본 것이 언제만인가 싶었다.

딸이 갑자기 절맥증을 앓았다. 그것을 어떻게든 고치기 위해 수라도 종패는 자신의 무를 팔았다.

그러던 도중에 진짜 독심서생이 접근해 왔다. 딸을 살리기 위해 녹림도로맹을 장악하는 것을 도와 달라는 것이었다.

그러다가 그게 꼬여서 어쩌다 보니 제갈현몽과 얽히게 되었다.

'맨 처음에는 별로 좋아하는 놈은 아니었는데.'

애초에 종패는 머리를 굴리는 자들을 그다지 좋아하지 않았다.

교활하게 세 치 혀로 사람을 구슬려 자신의 뜻대로 조종하는 사람들을 좋아할 리가 없었다.

그런 주제에 자신이 불리할 때면 동전 뒤집듯 입장을 바꾸어 현혹하는 자들 아닌가. 제갈현몽도 별로 다르지 않다 생각했다.

독심서생보다는 나은 자였고, 제법 유쾌했지만 어쨌든 자신의 상황을 이용해서 제멋대로 조종하려 한 것은 변하지 않았다.

도는 예전처럼 끊임없이 휘둘렀지만, 휘두르면 휘두를수록 도가 점점 더 무거워졌다.

"루, 루루루."

"수라도님?"

주변 사람들의 목소리가 지워져 나갔다.

그동안 자신을 지겹게 얽매고 있던 족쇄나 고리 같은 것들도 떨어져 나가는 것 같았다.

솔직히 말하자면, 딸의 절맥증이 족쇄처럼 느껴지기도 했다.

물론 사랑하는 딸이었다. 그 절맥을 고칠 수 있다면 자신의 목숨을 바친다 해도 아깝지 않았다.

그러나 그렇게 생각하면서도 어딘가 목이 죄는 것 같은 답답함은 있었다.

하지만 지금은 그런 답답함이 없었다.

'만약 내가 여기에서 죽는다 하더라도…….'

제갈현몽은 틀림없이 자신의 딸을 도와주고, 치유해 줄 것이다.

그러니 자신은 지금 여기에서 마음껏 도를 휘두를 수 있다.

무엇 하나 모순이 없지 않은가.

종패는 내공을 짜냈다.

이미 꽤 많이 격렬하게 소모한 것 같은데, 이전보다 훨씬 더 정교하고 단단하게 짤 수 있었다.

기름칠이 덜 된 것처럼 삐걱였던 몸도 지금은 뜻대로 움직였다. 마치 뇌가 팔다리에 따로 달려서 알아서 움직여 주는 것 같은 느낌마저 들었다.

오래도록 막혀 있던 벽이 부서지는 느낌.

그렇게 얼마나 도를 휘둘렀을까.

콰앙!

거칠 것 없이 휘둘러지던 도가 멈추어졌다. 그 충격에 종패의 눈동자가 자신의 도를 막아선 자를 향했다.

젊은 청년이었다.

하지만 그는 사도련주의 복장을 하고 있었다.

"그대는……?"

"사도련주, 양회…… 라고 할 수 있지만. 그대에게는 본래 이름을 알려 주고 싶군. 진패천이다."

진패천이 종패의 눈앞에 나타났다.

"그나저나 의외군. 그 독심서생이라는 자가, 자네 정도 되는 무인이 목숨을 바쳐 지키려 할 정도로 대단한 자였나? 절정의 벽을 뛰어넘을 정도로 말이지."

"협박을 당했다. 자신의 퇴로를 막아 주지 않으면 딸의 병을 고쳐 주지 않겠다고 하더군."

진패천은 웃음을 지었다.

"말도 안 되는 소리. 그딴 협박을 받아서 초절정에 오르는 자가 있을 리가 없지 않나."

"그런가?"

종패는 이야기를 끊겠다는 듯 도를 휘둘렀다.

조금 제정신이 들고 나니 확실히 수라도가 좀 더 자신의 수족이 된 것처럼 자유자재로 움직였다.

도기에 자신의 핏물이 섞여 붉은빛의 기파가 연달아 피어올랐다.

터져 나간 기파의 파편조차도 바위에 커다란 상흔을 남길 정도였다.

진패천은 그것을 웃음을 지으면서 막아 내고 있었다. 왼손에는 붉은 열양지력으로 만들어진 화룡이, 오른쪽에는 눈에 보일 정도로 번뜩이는 뇌기로 가득한 강기가 휘감겨 있었다.

'도대체 얼마나 내공이 많으면 저딴 게 가능한 거지?'

본래 강기란 격돌의 순간에나 띄우는 것이다. 저렇게 상시 몸에 두르고 펼치라고 있는 절학이 아닌 것이다.

하지만 진패천은 그런 상식을 거부하듯이 전신을 강기로 두른 채로 종패를 밀어붙이고 있었다.

"마음에 드는군. 수라도 종패, 독심서생에게 충성을 바치는 것은 그만두고 내 수하가 되지 않겠느냐? 곧 정사대전이 일어날 것이다. 네 능력과 수로맹이라면 크게 쓰일 곳이 있을 테지."

"……말하지 않았소? 딸의 목숨이 달린 일이라고."

"그냥 해 본 말이었다."

진패천은 피식 웃음을 지었다.

탐이 나는 것은 사실이었다. 하지만 그렇다고 해서 자신이 건넨 이런 얄팍한 제안에 덥석 물 사람이었다면 애초에 이런 제안을 건네지도 않았으리라.

'아쉽군.'

그렇게 생각했으나 거기까지였다.

여흥이 생겨 잠시 놀아 주었으나 정말 이대로 가다가는 독심서생을 놓칠 수도 있었다.

진패천은 본격적으로 내공을 끌어올렸다. 그 모습에 종패는 어처구니없어했다.

'방금 전의 내공이 최대치가 아니었다고?'

종패는 진패천이 혈마를 사용해 인간 영약을 만들어 섭취했다는 것을 알지 못했다.

알지 못했지만, 그럼에도 불구하고 명백히 이상을 느낄 정도로 진패천의 내공은 압도적이었다.

마치 강기로 빚어 낸 인간을 보는 것 같았다.

그리고 그런 강기를 상대하기 위해서는 종패도 마찬가지로 강기를 내보일 수밖에 없었다.

'다른 놈들은…… 아직 도망 안 갔나. 멍청한 놈들.'

종패는 쓰게 웃으면서도 구태여 말하지 않았다.

어차피 말로 해서 들어먹을 놈들 같았으면 애초에 지금 이때까지 남지도 않았을 것이다.

더 말해서 괜히 기력을 뺄 것도 없었다.

"루, 루루루……."

마지막 음률을 입에 담는다.

어차피 마지막 일도를 펼칠 거라면, 정신을 비우고 자신의 모든 것을 담아 한 번에 떨쳐 내고 싶었기 때문이다.

딸의 목숨은 제갈현몽이 구할 것이다.

그리고 자신은 아쉬울 것 없이 모든 것을 담아 도를 휘두르다가 갈 수 있으니, 이 세상에 한 점 미련도…….

징!

미련도…….

"와하하하하하하핫!"

"없…… 시끄럽다! 뭔 소리야 저게?"

지워져 가던 정신이 강제로 깨어나는 느낌에 종패는 짜증 내며 소리가 나는 곳을 바라보았다.

어느새 머리 위가 진절머리 날 정도로 시끄러웠다.

"……산적?"

머리 위를 시끄럽게 하고 있는 자들의 정체는 다름 아닌 산적들이었다.

가죽옷을 걸치고 있는 자들이 징이니 하는 것들을 가지고 시끄럽게 울려 대고 있었고.

그 가운데 한 인영이 모습을 드러내고 있었다.
 거대한 체구, 관리라고는 전혀 하지 않은 듯한 털로 가득한 얼굴, 왠지 멋지게 두르고 있는 호랑이 가죽, 그리고 양손에 잡힌 것은 두 개의 커다란 전부(戰斧)였다.
 "내가 왔다. 종가 놈아!"

49장. 무후귀환

무후귀환

'나를 종가 놈이라고 부르는 건 내가 알고 있는 한 한 사람밖에 없다.'

다른 사람은 감히 종패를 그딴 식으로 부르지 못했다.

그리고 다음 순간 한 사내가 몸을 날렸다.

상당히 높은 벼랑이었는데 거침없이 몸을 날리는 것이 아닌가.

"야, 이 미친놈아! 무슨……!"

저런 높이에서 떨어지면 아무리 초절정 무인이라도 생존을 보장할 수 없거늘!

하지만 사내가 지면에 충돌하기 직전, 등에 메고 있던 백호의 가죽이 기이하게 펄럭였다.

이내 공기를 잔뜩 받아 낸 사내의 속도가 줄었다.

쾅!

"후, 후후…… 젠장할, 죽는 줄 알았다."

"……그러니까 왜 벼랑 위에서 떨어지는 건데."

"장비 놈이 만들어 준거라 믿었지. 그리고 기왕 이런 상황이면 벼랑 위에서 떨어져 내려오는 게 훨씬 멋있지 않냐?"

멋있었다.

"멋은 무슨…… 그나저나 어떻게 온 거냐?"

마진광은 사납게 웃음을 지었다.

"무슨 소리야. 네놈이 배를 보내서 오라고 했잖아."

"배?"

종패는 고개를 갸웃했다.

사도련에서 탈출한 직후, 종패는 수로맹을 해체하다시피 했다.

당연히 딱히 배를 가지고 있는 것도 아닌데 갑자기 데리고 왔다니 의아할 수밖에 없었다.

"맹주님!"

"너희들은……!"

종패가 눈을 찌푸렸다.

가만 보니 자신들이 풀어 줬던 수로맹의 수적들도 위에 있는 것이 보였다.

-어떻게 된 거냐? 제 갈 길 가라고 보내 줬을 텐데?

―저희도 그러려고 했지만 제갈세가의 가주가 접근해서…….

수왕채주의 말은 짧았으나 종패는 많은 것을 깨달았다.

'뭐, 그런 거야 아무래도 좋다.'

종패는 머리를 벅벅 긁었다.

그딴 건 사실 나중에 알아봐도 됐다. 중요한 것은 눈앞에 있는 진패천을 마주하는 것이었다.

"거력패부 마진광인가? 너도 초절정에 올랐나 보군."

"틀렸다."

"초절정이 아닌가?"

"아니, 나는 이제 거력패부가 아니라 녹림대왕 마진광이지."

"……"

진패천은 잠시 침묵하다가 입을 열었다.

"정정하지. 만나서 반갑네. 녹림대왕."

종패는 짧게 감탄했다.

'사도련주도 아무나 하는 게 아니군.'

저 어이가 상실하는 반응에 맞춰서 대응해 주는 것만으로도 진패천은 사도련 종주의 자격이 있었다.

"종패와의 우정을 위해 도우러 온 것인가?"

"무슨 말도 안 돼는 소리를."

"누가 이딴 기생오라비 같은 놈의 도움을……."

"누가 기생오라비냐!"

진패천의 말에 마진광과 종패가 둘 다 반발했다. 진패천은 슬슬 피곤함을 느꼈다.

괜히 문답무용이라는 말이 있는 게 아니다. 강호에는 말을 섞으면 섞을수록 손해라고 여겨지는 작자들이 한둘이 아니었다.

대신 진패천은 생각했다.

'아무래도 녹림대왕이 여기에 나타난 것은 우연이 아닐 것 같군.'

직감이 들었다.

자신이 더 여기에서 쫓아간다고 하더라도 더 좋은 결과가 일어나지 않을 것이라는 생각이었다.

이미 독심서생을 확보하기 위해 마진광뿐만 아니라 더 많은 사람들이 물밑에서 움직이고 있으리라.

순수하게 독심서생을 구하기 위해서 움직이는 것은 아니겠지.

'그렇군. 지금이 정사대전의 시발점인가.'

진패천은 웃음을 지었다. 그의 몸에서 뿜어지고 있던 강기의 흐름이 더더욱 짙어졌다.

"그렇다면 그냥 물러날 수는 없지. 시작부터 초절정고수 두 명을 확보할 수 있다면 결코 손해 보는 일은 아니니까."

"밥 대신 영약을 처먹기라도 했나. 내공 한번 더럽게 많군."

마진광이 침을 탁 뱉고는 양손에 전부를 들었다.

불타오르는 듯한 적염기가 전부에 옮겨붙었다.

"자, 한판 하지."

"루루루……."

"응? 종가 놈아. 언제부터 싸울때 콧노래를 부르고 자빠진 거냐? 정신 사납다."

"네 장비 놈에게 물어봐라!"

입으로 투닥거리면서 종패와 마진광이 동시에 진패천을 향해 달려들었다.

* * *

파바바박.

협곡을 빠져나온 북궁수는 조금 늑대의 속도를 늦추었다.

"이만하면 괜찮겠지. 조금 쉬었다 가야겠소."

"예. 감사합니다."

제갈현몽은 숨을 몰아쉬었다.

'죽을 것 같군.'

마력의 소모도 소모였지만 체력의 소모가 컸다.

'그러게 운동 좀 하라고 하지 않았소?'

어디선가 환상처럼 팽악과 알렌이 그렇게 말하는 목소리가 들리는 것 같았다.

터무니없는 모함이었다.

"저는 서생치고는 운동을 꽤 열심히 한 편입니다."

"지금 누구에게 변명하는 것이오?"

북궁수의 말에 제갈현몽은 쓴웃음을 지었다.

그래도 조금 속도를 늦추자 조금이나마 좀 나았다.

늑대는 타기에 그리 좋은 것이@이동 수단이 아니었다. 늑대의 위에서 매달려 있자니 속도 울렁거리고 몸에 이상한 힘도 들어가 제어하는 것이 쉽지 않았다.

"그나저나 이렇게까지 쫓아 올 줄은 몰랐소. 무슨 짓을 한 거요?"

"아무 짓도 안 했습니다."

"그렇군."

북궁수는 고개를 끄덕였다.

다른건 몰라도 북궁수는 제갈현몽 입에서 나오는 '저는 아무것도 안 했고 무고합니다'라는 말 만큼은 절대 믿지 않았다.

그건 도벽이 있는 사람에게 금은보화의 산에 가져다 두고 하나도 훔치지 않을 것이라고 기대하는 것과 마찬가지의 일이었다.

"뭔가 오해를 하시고 계신 건 아닙니까?"

"별로 오해는 안 하고 있소만."

딱히 거짓말이거나 얼버무리는 것은 아니었다.

오해라는 것은 실제로 일어나지 않은 일을 있던 것처럼 생각하는 것이고. 실제로 일어난 일을 추측해서 상상하는 것은 오해라고 할 수 없었다.

'끄응. 하긴 이번에는 좀 무리가 있긴 했다.'

제갈현몽은 스스로를 반성했다.

사실 아무것도 하지 않았다고 하기에는 혈마를 풀어서 말처럼 타고 다니고, 배에 불을 붙여서 사도련의 선단 하나를 불태워 버리지 않았던가.

독심서생의 행세를 하는 것도 이번이 마지막.

그렇게 생각하면서 마치 버리기 직전의 걸레로 마지막 한 번 더 알뜰살뜰하게 쓰듯이 좀 과하게 했던 감이 없지 않아 있었다.

'이제 원래 신분으로 돌아가게 되면 조심해야겠다.'

무후재림으로 돌아가게 되면…….

그렇게 생각하던 제갈현몽은 문득 무언가를 깨달았다.

'아니, 조심할 필요가 있나?'

애초에 제갈현몽은 독심서생을 연기한 것이다.

당연히 본래 모습이 아니니, 제갈현몽은 조심하고 말고가 없이 그냥 자기 본연의 모습으로 행동하면 되는 것이다.

조심한다니, 그건 마치 독심서생으로서 보였던 행보가 제갈현몽이 원해서 한다는 것처럼 비춰 보일 수도 있는 것 아닌가.

"왜 그러시오?"

"아니, 독심서생의 독이 얼마나 지독한지 새삼 깨달았을 뿐입니다. 악명이라는 것은 먹과 같아서 마치 종이를 가까이 한 것처럼 검어지는 것이로군요."

'음, 또 시작이군.'

북궁수는 늘 그랬던 제갈현몽의 발작에 대꾸하지 않고 그저 상냥하게 고개를 끄덕여 주었다.

"그렇…… 미끄러져라!"

찌리릿.

제갈현몽은 갑작스레 느껴지는 직감에 그리 부르짖었다.

펼친 것은 다름 아닌 타고 있는 늑대를 대상으로 해서였다.

약간 경사진 내리막길을 걷고 있었던 상태에서 바닥과의 마찰이 사라지자, 늑대는 용케 넘어지지 않고 그대로 쭈욱 미끄러지기 시작했다.

북궁수도 한 발 늦게 장력을 펼쳤다.

음한지기를 머금은 장력이 날아갔다.

실수였다. 모습을 드러낸 자는 장력을 반쯤 맞아 주면서 도리어 감속했다.

'저건……!'

창을 든 중년인은 그렇게 감속하여 다시 조준을 맞추었다.

제갈현몽은 판관필로 지면을 가리켰다.

축지법으로 인해 공간이 접히면서 단숨에 제갈현몽의 거리가 한층 더 멀어졌다.

"후."

중년인은 재미있다는 듯 미소를 지었다. 지면에 착지하니 어느새 제갈현몽이 다시 멀어져 있었다.

잠깐 동안 줄여 놓았던 공간을 다시 원상태로 돌린 것이다.

중년인의 창끝이 지면을 찍었다. 창이 부러질 듯이 휘어지더니 튕겨지는 반탄지력으로 신형이 화살로 화했다.

"피하시오!"

북궁수가 제갈현몽을 안고 몸을 날렸다.

그보다 한발 늦게 강기가 그들이 타고 있던 늑대를 뒤덮었다.

"크윽!"

"으어억!"

북궁수와 제갈현몽이 그대로 기세를 죽이지 않고 바닥을 굴렀다.

세간에서는 나려타곤이라고 부를지도 모르지만, 워낙

급박한 상황이라 어쩔 수 없었다.

'이대로 굴러서 거리를 좀 더 벌린다!'

그 순간 지면에서 흙더미가 솟아 올랐다.

"북해빙궁의 소궁주나 되는 자가 꼴사납군. 그리고 사제…… 살아 있긴 한 게냐?"

익숙한 목소리였다.

제갈현몽은 머리가 울렁거리는 와중에서도 그 목소리의 주인을 떠올리는 것에 성공했다.

"……사형 아니오. 여기까지 잘도 쫓아왔군."

"결국 천라지망을 뚫어 낼 줄 알았으니까."

'나쁜 예감은 맞는다더니.'

그렇지 않아도 안 좋은 예감이 들기는 했었다.

마지막의 마지막 순간, 제갈유가 자신의 앞길을 막을 것 같다는 예감.

제갈현몽은 눈앞에 창을 들고 있는 중년인을 바라보았다.

"혹시 귀하의 존성대명을 알 수 있겠소?"

"조자건."

"아무래도 그대와 소생은 악연인 듯하군."

제갈현몽은 쓴웃음을 지었다.

사도련에서도 그랬지만, 저 조자건과 만나서 별로 좋았던 적이 없었다.

당장 조자건만 아니었더라면 사도련에서 탈출했을 수도 있었다.

낙오되어서 북궁수와 둘이서 천라지망을 뚫을 필요도 없었다.

그리고 마지막의 마지막 순간, 이렇게 빠져나가기 직전에 맞닥뜨리는 일도 없었으리라.

"그런가. 알겠다."

조자건은 고개를 끄덕이고는 창끝을 제갈현몽에게 겨누었다. 그 모습에 제갈현몽은 가슴이 답답해지는 것을 느꼈다.

"아니, 마지막인데 대화 좀 나눌 생각 없소?"

"음."

조자건은 고개를 살짝 갸웃하다가 입을 열었다.

"없다."

"……."

제갈현몽은 저도 모르게 제갈유를 바라보았다.

기분 탓인지 모르겠지만 이번만큼은 제갈유도 어딘지 공감하는 듯한 눈빛을 보내 오는 듯했고.

그사이 제갈현몽은 술식을 완성했다.

'떨어져라!'

그와 동시였다. 술식이 완성되는 것과 동시에 제갈유의 등짐에서 무언가 튀어나오더니, 펼쳐졌다.

우산 형태의 법보였다.

그것이 제갈현몽이 발한 벼락을 허공에서 흡수하는 것 아닌가.

"그건……?"

"사제가 벼락을 쓴다는 건 이미 알고 있다. 방심을 탄 틈에 쏠 것이라는 것은 알고 있었지. 이건 혼원산(渾元傘)이라는 것으로……."

조자건이 손을 내뻗었다. 어느새 그의 손에는 제갈현몽이 쏘아 낸 자전시가 잡혀 있었다.

"조심하시오."

"……정말이지 조금도 방심을 할 수 없군. 하지만 이번에는 나의 승리다."

제갈유는 빙긋 웃음을 지었다.

그의 사제, 독심서생은 어느새 자신보다 더 뛰어난 능력을 가지고 있었다.

하지만 승패라는 것은 자신의 능력만으로 결정되는 것은 아니었다.

'때로는 다른 사람의 힘을 빌려서라도 이기면 그만이지.'

그리고 같은 감각을 제갈현몽도 느끼고 있었다.

다른 사람도 아니고 눈앞에 있는 조자건은 마치 천적과도 같았다.

하다못해 이 자리에 조자건 대신 진패천이 있었더라도

이런 느낌은 받지 않았으리라.

'축지법은 이제 더 쓰기 어렵다. 그리고 설령 거리를 벌린다고 해도 불가능해. 북궁 소협을 강화시켜 볼까? 아니, 설령 초절정으로 오른다고 해도 격차가 크다. 그렇다고 내 술법으로 초절정고수를 상대할 수도 없고.'

생각할 수 있는 모든 수가 무너져 가고 있었다.

"도망칠 생각 같은 건 하지 마라. 설마 우리 둘만 여기를 지키고 있다고 생각하는 건 아니겠지?"

"……그렇군."

제갈현몽은 쓴웃음을 지었다. 그리고 판관필을 들고는 심호흡을 했다.

"분명 빠져나갈 길은 없는 것 같군. 하지만 그렇다고 해서 그냥 포기할 수는 없지."

"그런가."

제갈유는 비릿한 웃음을 지었다.

생각보다 사제가 근성이 있었다.

칭찬할 만한 일이었다. 제갈유는 그런 사람들을 은근히 좋아하는 편이었다.

특히, 그럼에도 불구하고 자신이 승리하는 상황이라면 더더욱.

"조 대협. 슬슬 마무리를."

"음."

조자건은 창을 꼬나들었다.
북궁수가 그런 조자건에 대항해 제갈현몽 앞에 섰다. 스스로 감당할 수 없음을 알면서도 나선 것이었다.
파앙!
일초지적.
북궁수의 몸이 조자건의 강기에 맞고 튕겨져 나갔다. 그리고 북궁수가 벗겨지자 제갈현몽의 눈에 여전히 자신을 노리고 있는 조자건의 창끝이 보였다.
그리고.
매화향이 피어올랐다.
"……!?"
"아, 늦지 않았나 보네요."
터져 나온 창강이 무수한 매화꽃잎에 의해 지워져 가고, 새로운 누군가가 다시 제갈현몽의 눈앞에서 조자건을 지워 주었다.
펄럭이는 무복 가운데 유난히 선명한 매화꽃 문양이 돋보였다.
"천……!"
제갈현몽의 가슴이 벅찬 감동으로 솟아올랐다.
"여ㅎ…… 아니, 잠깐."
그런데 뭔가 이상했다.
기쁘기야 기쁘다. 가슴이 벅찰 만큼 기쁜데.

'왜 천 여협이 나를 도와주는 거지?'

천여향이 독심서생을 구해 줄 이유가 없지 않나?

일단 화산파에 있을 천여향이 여기 있는 게 이상하다.

아니, 백보 양보해서 천여향이 여기 있다고 해도 왜 독심서생을 구해 준단 말인가?

'설마 아니겠지.'

제갈현몽의 등줄기에 섬뜩한 소름이 돋았다.

방금 전 느꼈던 기쁨은 온데간데없이 사라져 있었다. 지금 제갈현몽을 덮치고 있는 것은 죽음과 맞먹는 공포였다.

"매화선자 천여향이 소생을 구할 줄은 몰랐군."

"후후, 그런가요? 저는 이상할 거 하나 없는 것 같은데요."

"소생은 이상하군. 그대와 소생은 아무런 인연도 없을 터인데."

제갈현몽은 필사적으로 변명했다. 하지만 천여향은 빙긋 웃을 뿐 대답을 돌려주지 않았고, 제갈현몽은 직감했다.

"혹시 다 알고 있소?"

"누가 왔는지 보세요."

"……."

징!

그 순간 징소리가 울려 퍼졌다.

무수한 사람들이 움직이는 소리가 들려왔다.
"누, 누구냐! 으앗?"
"어디에서 이런 자들이……!"
펄럭!
갑자기 사람들이 몰려들기 시작하더니 깃발이 올라가기 시작했다.
삼각형의 촉금으로 만들어진, 녹색 비단으로 된 깃발이었는데, 금실로 무(武)라는 자수가 새겨져 있었다.
"저건…… 뭐지?"
제갈현몽이 그 깃발을 흔들리는 동공으로 바라보았다.
저런 깃발은 처음 본다.
대답이 나온 것은 뜻밖에도 제갈유였다.
"저, 저건!"
"사형, 뭔가 알고 있소?"
"사제, 모르는 것이냐? 다른 사람도 아닌 네가?"
"음."
한층 더 불안함이 들었다.
사실 예측이 돼서 더 불안했다.
"네가 떠난 이후, 소문은 들었다. 마치 잠룡처럼 또아리를 틀고 기회를 움직이고 있던 그자가, 때가 도래했다는 것처럼 움직이기 시작했다는 것을. 사천무림의 세력을 하나로 벼려 내고 무림맹 내부에서 이제는 따로 사천

무림맹이라고 불릴 정도로 세력을 키운 자…… 무후재림! 아니, 이제는 제갈무후 제갈현몽! 설마 네놈이 여기에 나타난 것이냐?"

"하하하하하하…… 과연 신기제갈이라 불리는 사람답군요. 먼 항주 땅에서도 소문을 듣고 있을 줄이야!"

그 순간 사람들이 갈라지면서 사륜거를 탄 한 사람이 모습을 드러냈다.

학창의를 입고 관까지 쓴 청년이었는데, 한 손에는 흑우선을 살랑살랑 부치고 있었다.

제갈유는 문득 벼락이 스치고 지나가는 느낌을 받았다.

'애초에 독심서생이 풀려났다는 것 자체가 이상했다.'

그리고 마치 사람이 달라진 것 같은 행보…….

제갈유는 모든 것을 이해할 수 있을 것 같았다.

"설마, 이 모든 상황을 전부 계산한 것이냐! 네 이놈! 무후재림!"

"후후."

제갈척은 무척이나 우수한 사람이었다.

게다가 그에게는 당화령과 사마린이라고 하는 아주 좋은 스승이 있었다. 때문에 그는 진짜 제갈현몽이 어떻게 하면 되는지 잘 알고 있었다.

제갈척은 흑우선을 살랑살랑 부치면서 입가를 쓱 가리며 의뭉스레 웃었다.

"운이 좋았습니다."

"크헉!"

제갈현몽이 가슴을 부여잡았다.

지금까지 전혀 의식하지 않았는데 제삼자의 눈으로 보니 자신의 모습이 어떻게 보이는지 비로소 깨달을 수 있었다.

'이건 설마 업인가?'

제갈현몽이 독심서생의 시늉을 하면서 거짓된 악명을 쌓아 온 대가를 지금 여기에서 받고 있는 것이 아닌가?

'아니, 게다가 대체 뭘 한 거지?'

그냥 제갈척에게 자신인 시늉을 하면서 그냥저냥 보내라고 했는데 뭘 사천무림을 하나로 묶어 총군사 시늉을 하고 있는 거란 말인가.

"그렇게 되었으니, 이제 독심서생을 돌려받아야겠습니다. 그는 내 안배 아래에 있는 사람이니."

"……어디 할 수 있으면 해 봐라!"

제갈유가 악독하게 외치면서 이를 갈았다.

"물론, 할 수 있으니까 말한 것 아니겠습니까? 왜 뻔한 소리를 하는지 모르겠군요."

"크아아악!"

제갈유와 독심서생이 동시에 가슴을 부여잡았다.

그러다가 제갈유가 독심서생을 보면서 고개를 갸웃했다.

'저놈은 왜 저러는 거야?'

하지만 상처는 제갈유보다 제갈현몽이 더 깊었다.

'그, 그만. 그만……!'

제갈척이 하고 있는 행동 하나, 언행 하나가 모조리 치명상이었다. 제갈현몽은 부디 이 지옥이 빨리 끝나길 바랐다.

'이유는 모르겠지만 기회다!'

비록 독심서생이 하수인에 불과하다고는 하지만 제갈유가 가진 악감정이 어디 간 것이 아니었다.

제갈유는 즉시 무방비로 괴로워하고 있는 독심서생을 향해 비도를 날렸다.

북궁수는 한쪽으로 비켜 서 있고 천여향이 조자건과 대치하고 있는 이 상황밖에 없었다.

카강!

"어설픈 비도질이네."

당화령은 그렇게 말하더니 멍청한 표정을 짓고 있는 독심서생을 바라보았다.

"뭐 하고 있어? 빨리 도망가지 않고."

"……사실 다리에 힘이 풀렸소."

"너 진짜 예나 지금이나 똑같다."

당화령은 한심한 표정을 짓더니 그대로 제갈현몽의 뒷덜미를 잡았다.

그대로 몸을 날리자 눈 깜짝할 사이에 사륜거로 돌아올 수 있었다.

"지금이에요. 천을 펼치세요!"

어디선가 들어 본 목소리가 울려 퍼졌다. 동시에 사륜거를 무수한 천들이 감쌌다.

다른 사람의 시선을 모조리 차단하는 천의 움직임에 순식간에 사륜거가 감싸여졌다.

시선뿐만이 아니라 소리마저 차단하는 공간이 일시적으로 마련되자 제갈현몽이 마침내 물었다.

"제갈척 공자? 이게 대체 무슨 일입니까? 이게 다 뭡니까? 대체 제가 없는 동안 무슨 짓을……."

저도 모르게 살짝 비난조로 말하던 제갈현몽은 제갈척을 보고는 아차 싶었다.

제갈척의 얼굴도 울먹이고 있었다.

"초, 총관님."

"……."

그 표정만으로 제갈현몽은 모든 것을 깨달았다.

제갈척도 결코 뽐내 보이거나 하고 싶어서 이런 것이 아니었다.

그저 흐름에 맡겨 움직이는 사이에 눈사태처럼 걷잡을 수 없게 된 것이리라.

"그동안 고생 많았습니다, 공자. 제가 잘못했습니다."

"총관님……!"

제갈척의 눈빛에 눈물이 글썽였다.

사실 제갈현몽의 행세를 하면서 가장 마음고생이 심했던 것은 다름 아닌 그였다.

이제 비로소 그 신세에서 벗어나 본래의 자신. 별 볼 일 없고 평범한 서생 제갈척으로 되돌아갈 수 있는 것이…….

제갈척은 자신에게 들이밀어진 것을 보고는 의아해했다.

"……이건 뭡니까?"

"독심서생의 인피면구입니다. 일단 누군가는 쓰고 있어야 하지 않겠습니까?"

"……."

제갈척의 지옥이 아직 끝나지 않은 사이, 제갈현몽은 인피면구를 벗고 방금 전까지 제갈척이 입고 있던 학창의를 입고 한 손에는 흑우선을, 그리고 다른 한 손에는 무후서를 들었다.

-탈것!

"누구…… 아, 초선입니까."

제갈현몽은 생각지도 못한 목소리에 고개를 갸웃거렸다.

본래 담비였던 초선이 말하는 것이 신기했지만, 생각해 보니 곧 어째서 그런 건지 깨달을 수 있었다.

만박자의 비고에서 천이통을 얻어 심령을 언어화해서 들을 수 있던 것이다.

―그동안 지루해서 죽는 줄 알았도다. 적은 어디에 있지? 나 산의 주인, 초선의 발톱이 피에 굶주려 있도다!

'음, 생각보다 더 호전적이었군.'

아무리 생각해도 초선이라는 이름을 잘못 지은 것 같았다.

제갈현몽은 그리 생각하면서 무후서를 펼쳤다. 무후서에는 방금 전에 쓰여진 것 같은 글귀가 펼쳐져 있었다.

―일단, 무후재림의 명성을 떨치기 위해서는 사천무림의 힘을 한번 과시할 필요가 있습니다. 사륜거를 이용해 적의 시선을 끄는 한편, 이 정사대전의 시작에 독심서생도, 제갈유도 아닌 무후재림이 있다는 것을 전 강호에 똑똑히 각인시키는 겁니다. 장본인은 싫어하겠지만 일단 일을 저지르고 나면…….

"뭐 하십니까?"

무후서는 어설프게 대처하지 않았다.

바로 써져 있던 글자를 모조리 지워 버린 무후서는 태연하게 말했다.

―연자여, 복귀하셨군요. 본 무후서는 아무것도 하지 않았습니다. 그저 소유주의 물음에 답하였을 뿐…….

누가 봐도 아니었다.

방금 전에 쓰여진 것은 아무것도 모르는 순수한 사람을 꼬드겨 마굴로 밀어 넣는 간교한 수작 아니었던가.

'마공서 아닌가?'

제갈현몽의 눈가가 좁아지자 무후서가 새로이 글자를 떠올렸다.

―지금 그럴 때가 아닙니다. 일단 이 상황을 끝내야 하지 않겠습니까? 본 서가 연자의 힘이 되어 드리겠습니다.

제갈현몽은 깊이 탄식했다.

어째 제갈이라는 이름이 붙은 것들의 상태가 다 이 모양 이 꼴인 건지 참으로 납득하기가 쉽지 않았다.

―연자여, 지금 상단전이 비어 있는 상태로 보입니다. 청령환을 섭취하도록 하십시오. 이런 일도 있을까 해서 미리 준비해 놓았습니다.

더욱 열받는 것은 이 무후서가 상당히 유용하다는 것이었다.

―자, 연자여. 어서 청령환을 섭취하고 이 자리에서 무후재림이 돌아왔음을 알리는 것입니다.

'틈만 나면 은근히 조종하려는 것만 제외하면 말이지.'

제갈현몽은 무후서에서 시선을 떼고는 청령환을 집어 들었다.

그것을 섭취한 순간, 청령환이 한 줄기 청량한 느낌으로 화해 녹아 들어갔다. 그동안 여러모로 지친 몸에 새로운 활력이 깃들기 시작했고.

제갈현몽은 흑우선을 잡고 가볍게 흔들었다.

촤아악!

사륜거를 가리고 있던 천들이 일제히 하늘로 솟구치더니, 그대로 제갈현몽의 의지에 따라 여러 갈래로 나뉘어져 제갈유를 덮쳐 왔다.

"……!"

제갈유가 빠르게 물러나면서 소매를 흔들었다. 그러자 불길에 휘감긴 검이 나타나 쥐어지더니 참격을 흩뿌리자 천들이 불타오르기 시작했다.

"과연, 사…… 제갈유답게 법보를 여러 개 가지고 있군요."

"자, 잡을 수 있겠습니까?"

제갈현몽은 순간 방심한 제갈척을 향해 온화하지만 동시에 강력한 의지가 담긴 눈빛을 보냈다.

제갈현몽은 자신과 성향이 맞지 않는 어려움 속에서, 힘들어하면서도 끝까지 독심서생이기를 관철했다. 그런 관점에서 볼때 제갈척의 연기는 아직도 부족한 점이 많았다.

'나는 별로 하고 싶어서 한 것이 아닌데……!'

"……잡을 수 있겠소?"

"목소리에 표독함이 부족하군요. 하지만 지금은 그 정도로 만족하지요."

'지금은?'

"확실히 쉽지 않은 일입니다만. 어떻게든 잡아야지요."

제갈현몽은 그리 말하면서 흑우선을 펼쳤다.

그리고 휘두르자, 보이지 않는 칼날이 너울거리는 천과 불꽃 사이를 바늘처럼 누비면서 제갈유를 덮쳤다.

제갈유의 호신부가 불타올랐다. 무언가 제갈현몽이 보이지 않는 공격을 한다는 것을 느낀 제갈유가 재빨리 수인을 짚고 손가락을 동그랗게 만들어 눈에 가져다 대고는 경악했다.

'무슨……!'

무수한 바람의 칼날이 저마다의 움직임을 가지고 자신을 노리고 있었다.

평범하게 바람을 뿜어낸 것이 아니었다. 바람 자체에도 독이 들어가 있었다. 대단한 독은 아니더라도 계속해서 노출되면 손해를 볼 수밖에 없는 독이었다.

그리고 술법에 깃든 술식도 언뜻 평범해 보였지만 그렇지 않았다.

'이건 마치 한 개의 커다란 술식을 여러 개로 쪼개 놓은 것 같은…….'

어느새 제갈유는 술식의 한가운데 들어가 있는 것을 깨닫고는 한 줄기 식은땀을 흘렸다.

그리고 다음 순간 볼 수 있었다.

제갈현몽의 손아귀에서 전류가 번뜩이고 있다는 것을.

동시에 자신을 둘러싼 것이 어떤 술식인지 파악했다.
 '이건 축지의……!'
 깨닫는 것과 동시에, 제갈현몽과 제갈유를 잇는 통로가 마련되었고, 피할 겨를도 없이, 제갈현몽의 손에서 피어오른 섬광이 제갈유의 몸을 강타했다.

 * * *

 술법은 결코 느리지 않다.
 하지만 그렇다고 반응할 수 없을 정도도 아니다.
 특히 절정고수 이상만 되어도 의표를 찌르지 않으면 제대로 된 유효타를 가하기 어려웠다.
 번개조차 그러했다.
 본래라면 번개를 피할 수 있는 사람이 존재할 리 만무하다.
 그러나 지금까지 몇 번이고 제갈현몽이 펼친 뇌인(雷印)을 막아 낸 고수들이 존재했다.
 그들의 실력이 뛰어난 것도 있지만, 보다 근본적인 원인은 속도 때문이었다.
 제갈현몽의 뇌인은 실제 번개보다 느렸다.
 실제 번개라기보다는 마력을 변환시켜 날린 것이니까.
 하물며 다른 마법은 더했다.

'딱히 고수들과 싸울 생각도, 필요도 없지만…….'

그래도 자신의 불운한 운명을 생각해 볼 때, 아무리 싸우기 싫어도 뭔가 일에 휘말리는 일이 앞으로도 일어날 것이다.

그때를 위한 비장의 수 하나쯤은 있어야 하지 않겠는가.

"크……!"

제갈유의 몸이 뒤로 고꾸라졌다.

죽지는 않았지만 상당히 고통스러우리라는 것은 틀림없었다.

방금 제갈현몽이 쏘아 낸 것은 신목검이었는데, 그 안에 든 기운이 제갈유의 몸에 깃든 마기 자체를 정통으로 깨부쉈기 때문이다.

"음."

조자건은 눈을 가늘게 떴다. 그리고 쓰러진 제갈유와 주변 상황을 보더니 한숨을 내쉬었다.

그 한숨이 의미하는 것은 간단했다.

제갈현몽이 즉시 외쳤다.

"도망칠 생각입니다! 천 여협!"

"알겠어요!"

천여향이 즉시 이십사수매화검법을 펼쳤고.

동시에 제갈현몽이 부적을 던졌다.

그 부적과 천여향의 검이 서로 어우러지기 시작했다.

제갈현몽의 부적술과 결합한 매화노방이었다.

삼시간에 반경 수 장이 매화꽃으로 뒤덮이면서, 어떤게 허초이고 어떤게 살초인지 알 수 없을 정도로 검강의 물결이 조자건을 뒤덮었다.

쿵!

조자건은 창으로 바닥을 찍었다.

부러질 듯이 휘어진 창이 그대로 조자건의 몸을 허공으로 띄웠고, 그 순간 제갈현몽이 흑우선을 부쳤다.

후우웅!

갑작스레 불어닥친 바람이 조자건을 뒤로 밀어 대기 시작했다. 그러자 조자건이 허공에서 어떻게든 번신(飜身)하더니 창을 대검처럼 휘둘러 거대한 참격을 그었다.

제갈현몽은 혀를 내둘렀다.

'진짜 저 사람 뭐지?'

그 상황에서도 창을 휘둘러 바람을 가르다니.

제갈현몽은 수인을 다시 완성했다. 이어 흑우선을 휘두르자 허공에서 뇌기의 그물이 조자건을 덮쳐 왔다.

"음."

그리고 제갈현몽은 보았다.

조자건의 미간에 미약한 주름이 난 것을. 그 모습에 제갈현몽은 저열한 기쁨을 느꼈다.

"봤습니까? 화령, 사마 소저. 제가 저자의 미간을 찌푸리게 만들었습니다! 저의 승리입니다!"

"……제갈아, 너 저 사람에게 뭐 당했냐?"

"체통을 지키세요. 지금 공자는 사천무림을 이끌고 있는 총군사예요. 그렇게 방방 뛰면 안 되겠지요?"

"……."

괜히 기뻐서 말을 걸었다가 본전도 못 챙긴 제갈현몽은 문득 알렌의 경고성을 느꼈다.

조자건은 그 상황에서 뇌기의 그물도, 천여향도 아닌 자신을 똑바로 바라보고 있었다.

마치 먹잇감을 덮치기 직전의 맹수의 눈동자처럼 보였다.

"……!"

제갈현몽의 뇌리에서 축지의 술법과 천기미리보가 합쳐졌다.

워낙 급박한 순간이었다. 술식을 짜낼 겨를도, 수인을 맺을 시간도, 하다못해 한마디 외칠 수도 없었다.

그저 의지만으로 제갈현몽은 마법을 완성했다.

그와 동시에 조자건의 투창이 제갈현몽이 있던 사륜거를 꿰뚫었다.

콰앙!

평범한 투창이 아니었다. 사륜거를 박살 내는 것도 모자라, 창에 있던 응축된 강기가 퍼져 나가면서 국소적인 폭발마저 일어났다.

그러나 피와 살점은 단 하나도 흩날리지 않았다.

박살 나는 사륜거의 삼 장 밖에서, 제갈현몽을 비롯한 사람들이 모습을 드러낸 것이다.

"……사, 살았나?"

"제갈아, 이건 대체……."

갑작스런 이동에 놀라던 당화령은 제갈현몽의 얼굴이 새파랗게 질려 있는 것을 발견하고는 더욱 깜짝 놀랐다.

"야, 너 괜찮아?"

"주, 죽을 것 같습니다."

방금 전 청령환으로 보충한 기운이 모조리 빨려 나가고도 모자라, 바닥까지 마력을 긁어모아 쓴 것 같은 기분.

제갈현몽은 거칠게 숨을 내쉬면서도 방금 전 자신이 한 것을 복기했다.

'국소적인 공간 이동을 한 건가……?'

예전에도 비슷한 일을 안 한 것은 아니었다.

당장 축지법만 해도 공간에 관여하는 마법이었다. 그러나 방금 전 제갈현몽이 한 것은 그보다는 일전, 로우론이 펼쳤던 마법에 더 닮아 있었다.

공간 자체를 가르고 이동하는 수법. 그리고 공간이라면 짚이는 바가 있었다.

'아버지께서 남긴 연구서 때문인가?'

귀곡자는 다른 세계로 넘어가고자 했다. 때문에 술법

연구도 공간에 관한 것들이 많았다.

'그리고 그것이 숙명통과 결합되어 무후서의 기억과 결합해…… 으음.'

제갈현몽은 고개를 흔들었다. 지금 그런 생각을 할 때가 아니었다.

"어떻게 되었습니까?"

"방금 매화광…… 선자가 저자를 제압했어요."

"다행이군요."

제갈현몽은 진심으로 안도했다.

아닌 게 아니라, 이 자리에서 조자건을 놓치게 되면 앞으로도 제갈현몽은 공포에 떨며 살아야 할지도 몰랐다.

"일단 저 사람과는 나중에 이야기를 나누도록 하지요."

제갈현몽은 비틀거리면서 자리에서 일어났다.

그리고 여전히 드러누운 채로 꼼짝도 하지 못하는 제갈유를 향해 발걸음을 옮기기 시작했다.

"……무후재림."

제갈유의 입에는 피가 잔뜩 묻어 있었다.

"신기제갈. 이렇게 되어 유감입니다."

"마음에도 없는 소리를 하는군."

제갈유는 쿨럭거리면서 웃었다.

"과연 대단하더군. 사부께서 그대의 칭찬을 하던 이유가 있구나. 간교하고, 아닌 척하면서 음흉하기가 이루 말할 수 없다고. 자신도 가끔은 그 속내를 알 수 없다고 하셨지."

"욕한 거 아닙니까, 그거?"

제갈현몽은 묘한 표정을 지었다.

'아무리 생각해 봐도 마뇌 어르신의 교육 방법엔 문제가 있다.'

성격이 꼬이고 꼬이다 보니 제대로 된 칭찬도 할 수 없게 된 것이 분명했다.

제갈현몽은 그리 생각하면서 제갈유에게 말했다.

"그건 큰 오해입니다. 저는 지금까지 그런 적이 없습니다. 이건 제 주변 사람들도 모두 그렇게 생각할 터입니다."

"웃기고 있군."

말도 안 되는 변명에 제갈유가 비웃음을 토했다.

"그렇다면 무후재림! 어째서 독심서생을 사도련에 일부러 보내서 분란을 키운 것이지?"

'왜 갑자기 여기에서 목소리가 커지는 것이지?'

다 죽어 가는 목소리를 하고 있다가 갑자기 저 부분에서만 외침이 커지자 주변에 울려 퍼졌다.

제갈현몽은 습관적으로 품속을 뒤적였다가 낭패 섞인 표정을 지었다.

'흡음부가…… 아니, 다 떨어졌군.'

"나는 다 알고 있다! 무후재림. 모든 것은 네놈의 계책이겠지. 그렇지 않아도 불안정한 사도련에 간자를 심어 일부러 일을 더 크게 만든 것 아니더냐!"

"그건 오해입니다. 왜 자꾸 쓸데없는 얘기를 하십니까?"

술렁거림이 커지는 것을 본 제갈현몽이 화급히 진화에 나섰다.

사람은 모두 자신의 입장에서 보고 세상을 파악하는 경향이 있었다.

제갈유는 일평생을 책략과 음해 속에서 살아가던 자였다. 그런 왜곡된 시야를 가지고 사물을 보게 되면 곧은 나무도 휘어 보이는 법.

하지만 주변 사람들의 시선을 본 제갈현몽은 이미 일이 글러 먹었다는 것을 깨달았다.

주변 사람들…… 그러니까 당화령이나 사마린 같은 사람조차도 제갈유의 광언에도 별로 당황하지 않고 그러려니 하는 표정을 하고 있었던 것이다.

굳이 타심통이 아니더라도 저 표정을 읽는 것은 뻔했다.

'저놈이라면 그러고도 남지'하는 오해가 가득한 속내였다.

"후후, 끝까지 시치미를 떼는가. 과연 정파의 위선자답군……."

"위선자 그런 거 아닙니다. 애초에 일을 크게 키우려던 것은 제갈유 그대 아닙니까. 바람이 불어온다고 좋다고 불을 키우다가 그 불을 통제하지 못해 스스로 불타 버린 사람이 할 말은 아닌 것 같습니다."

"……."

푹 찌르는 제갈현몽의 말에 제갈유는 순간 멍청한 표정을 지었다.

"너, 너……!"

"이제 와서 하는 말이지만 너무 자신을 과신하는 건 좋지 못한 버릇입니다. 그 방심과 오만이 이 사태를 만들었다고 해도 과언이 아닙니다. 제 탓으로 돌리는 것은 온당치 않지요. 자신이 보는 것이 절대적이라고 섣불리 생각해 버리니까 틀렸을 때 여파가 크지 않습니까. 이번도 마찬가지입니다. 그대의 섣부른 말이 가져올 여파는 생각지도 않습니까?"

제갈유의 몸이 꿈틀거렸다. 제갈현몽의 말 한 마디 한 마디가 폐부를 찌르는 느낌이었다.

그 모습에 당화령과 사마린은 짧게 감탄했다.

"야, 제갈아. 그러다가 애 죽겠다."

"화령아. 괜찮아. 안색을 보니 어차피 곧 죽을 사람인걸."

'똑같은 놈들만 모였구나!'

제갈유는 고통스러운 와중에서도 그리 생각했다.

그러다가, 무언가 뚝 끊어지는 느낌이 들었다. 간신히 그의 생을 이어 주고 있던 무언가가 끊긴 느낌이었다.

문득 제갈유의 눈에서 눈물이 흘렀다.

'마지막 순간이 이런 거라니…… 빌어먹을, 유언도 제대로 못 남기고…….'

그건 제갈유가 그리던 인생이 아니었다.

적어도 죽을 때는 이런 놈들이 아니라 자신이 진정으로 믿고 따르던 주군이자 친구, 신무휘의 곁에서 죽고 싶었다.

그 순간 무언가 따스한 기운이 제갈유를 뒤덮었다.

"제갈유. 마지막 유언은 남기고 가시지요."

"녀석에게…… 그동안 고마웠다고……."

제갈유는 흐려져 가는 눈으로 어떻게든 그리 말을 내뱉다가 문득 깨달았다.

녀석이라고만 하면 아무리 같은 제갈씨라고 해도 누구를 말하는지 알기 어려운 것이다.

"신무휘 대공자 말이군요. 알겠습니다. 전해 드리지요."

"……!"

제갈유의 눈이 부릅떠졌다.

죽기 직전의 그의 뇌리에 무슨 번개와도 같은 깨달음이 스치고 지나가는 느낌이었다.

"그, 그렇구나. 네가 바로, 독심서생……! 다름 아닌 독심서생이 너였어……!"

생각해 보면 이상했다.

오래간만에 만난 독심서생은 너무도 이상했다.

이전의 독심서생에게는 찾아보기 어려운 치밀한 심계. 끝을 알 수 없는 술법능력.

그 점이 도대체 이해가 가지 않았지만, 한 가지 가정을 끼워넣으면 모든 것이 맞물리게 된다.

"아, 하늘이여. 어찌하여 나를 낳고 제갈현몽을 낳으셨나이까! 나는 마지막까지 네놈의 손바닥 위에서……!"

말을 마친 제갈유의 눈이 흐려지더니, 이내 고개가 꺾였다.

눈조차 감지 못하고 죽은 제갈유를 잠시 바라보던 제갈현몽은 천천히 그의 눈을 감겨 주고는 긴 한숨과 함께 말했다.

"……역시 마인답게 죽을 때도 모함을 내뱉는군요. 제가 독심서생이라니, 억측도 정도가 있습니다. 당장 독심서생은 저기 있지 않습니까? 안 그렇습니까, 화령?"

"제갈아."

당화령은 묘한 웃음을 띠우며 말했다.

"그냥 입 다물고 있는 게 좋을 것 같아."

"예."

제갈현몽은 바보가 아니었다.

당화령이 저런 반응이면 굳이 사마린에게 물어볼 것도 없었다.

구태여 매를 벌 필요가 없지 않은가?

"왜 저한테는 안 물어봐요?"

"사마 소저. 지금 이런 문답에 시간을 허비할 때가 아닙니다. 비록 당장의 위난은 벗겨 내기는 했지만, 아직도 저희는 사도련의 영향력 아래 있습니다. 사마 소저라면 저희가 어떻게 해야 하는지 짐작하시고 계시지 않습니까?"

"그렇지요. 일단 이 자리를 뜨죠."

사마린이 고개를 끄덕이더니 사람들에게 능숙하게 지시를 하기 시작했다. 그 광경을 본 당화령이 제갈현몽을 굉장히 떨떠름한 눈빛으로 바라보았다.

'사마 언니가 쉬운 거야, 저 녀석이 교활한 거야?'

둘 다였다.

* * *

탈출로는 장강에 있었다.

"그나저나 장강이라고 하면 아무리 그래도 사도련이 가만히 두지 않을 텐데…… 괜찮겠습니까?"

"뭐, 가 보면 알 거야."

"음."

제갈현몽은 살짝 고개를 갸웃거렸다.

"아, 혹시."

"화령아, 점혈."

"응."

당화령의 손이 제갈현몽의 아혈을 짚자 제갈현몽의 혀가 뻣뻣하게 굳었다.

'이게 무슨 폭거지?'

제갈현몽은 무림인들의 포악함에 혀를 내둘렀다.

역시 무림인이라는 족속들은 정파든 사파든 간에 정상적인 사람이 없었다.

"그동안 고생 많았잖아요. 더 이상 머리를 쓰지 말고 좀 편하게 있으라는 의미였어요. 공자는 다 죽어 가는 와중에서도 혓바닥은 끝까지 살아 있을 사람이잖아요?"

"……."

제갈현몽은 사마린의 상냥한 말에 감동…… 하지는 않았다.

무림인과 자주 어울리게 되면서 제갈현몽은 자연스레 점혈을 좀 당하는 편이었고, 그러다 보니 자연스레 눈으로 말하는 재주를 얻을 수 있었다.

'그 거짓말 진짜입니까?'

"물론 진짜예요. 제가 공자를 걱정하는 마음이 거짓말 같아요?"

'거짓말 같습니다.'

"사실이에요. 그 외에도 제가 알려 주기 전에 공자가 아는 척하면 짜증 날 것 같아서 점혈한 것도 있기는 하지만 아주 사소한 일이에요."

누가 봐도 그게 더 주된 이유였다.

하는 수 없이 제갈현몽은 어깨를 늘어트리고 터벅터벅 걷기 시작했다.

곧 물소리가 들려왔고, 제갈현몽은 장강에 펼쳐진 광경을 보면서 이게 어떻게 된 것인지 알게 되었다.

"하하하하!"

진왕의 기를 건 배가 장강 위에 떠 있었다.

그리고 진왕은 배 위에서 뱃놀이를 즐기고 있었고.

'그랬군.'

제갈현몽은 쓰게 웃음을 지었다.

아무리 사도련이 강호에서는 일절로 손꼽히는 무력 단체라고는 하지만 그럼에도 불구하고 국가 권력에 비할 바는 아니다.

진왕이 뱃놀이를 즐기고 있는 와중에 혈사 따위를 일으켰다가는 아무리 사도련도 무사히 넘어가지 못하는 것이다.

'누가 생각한 일인지는 모르겠지만…… 대담하군.'

사도련이 진왕을 함부로 할 수 없다는 건, 반대로 진왕을 움직이는 것도 쉽지 않다는 말이다.

'누구…… 음.'

제갈현몽은 문득 그 누군가의 정체를 알 것 같았다.

그러고 보면 이번 사도련행.

시작은 자신의 의지가 깃들어 있었지만, 중간부터 누군가의 검은 의도가 장막처럼 은은히 깔려 있었다.

처음부터 이 사태를 주도하지 않았으면서도, 암중에서 일의 흐름이 자신의 뜻대로 움직이도록 주도한 자!

제갈현몽의 등줄기에서 식은땀이 흘렀다.

만약 자신의 생각이 맞다면 지금 저 배에 올라타는 것은 결코 현명한 행동이라고 할 수 없었다.

"왜 그래?"

'화령, 당장 사천으로 돌아가지요…… 아차.'

제갈현몽은 자신의 아혈이 아직 짚여 있다는 것을 깨닫고는 탄식을 내뱉었다.

동시에 자신의 게으름을 저주했다.

'역시 점혈을 푸는 마법을 연구했어야 했다.'

요즘 이래저래 일이 많아서 한가롭게 술법을 익힐 처지가 아니었던 것이다.

덕분에 제갈현몽은 반쯤 끌려가듯이 배에 올랐다.

"오, 무후재림 아니냐. 오래간만이군."

진왕이 술잔을 들어 보이면서 환하게 제갈현몽을 맞이해 주었다. 그의 얼굴에는 으레 그랬듯 장난스러운 미소가 감돌고 있었다.

"그래, 독심서생을 구하러 간 것은 잘되었나? 그 자도 자네만큼 뛰어난 사람이라서 말이지, 본왕이 무척 아끼고 있는 자네! 아아, 굳이 절하지 말게. 보다시피 지금은 뱃놀이 중 아닌가. 이럴 때는 본왕에게 예를 갖추지 않아도 되네!"

"음? 뭔가 이상한데…… 아아, 린아. 사위의 점혈을 풀어 주어야지."

그리고 곁에 있는 것은 사마군이었다.

'뭔가 날 이상한 호칭으로 부르는 것 같은데.'

활수의선이라는 말답게 한눈에 제갈현몽의 몸상태를 파악한 사마군이 그리 말하자, 사마린이 고개를 끄덕이더니 제갈현몽의 아혈을 풀어 주었다.

입이 트인 제갈현몽은 두 손을 모아 인사를 하면서, 슬쩍 한 곳을 바라봤다.

아직 입을 열지 않은 한 사람을 향해서.

"오래간만입니다. 제갈 가주님."

"오래간만이군. 호법."

제갈중명은 그리 말하면서 가볍게 술잔을 들이켰다.

그리고 그 모습에 제갈현몽은 깨달음의 탄식을 내뱉었다.

'역시 계셨군.'

빙명협 제갈중명.

그가 여기에 있다는 것은, 지금까지 일어난 일들이 모

두 제갈중명의 손아귀 안에 있었다는 것과 마찬가지였다.

'생각해 보면 그때부터 이상했다.'

북궁수로 하여금 자신을 찾아오게 했다.

자연스레 북해빙궁의 문제를 해결하게 만들었다. 그때부터 제갈중명은 자신과의 연결고리를 파악해 둔 상태였다.

이후도 마찬가지였다. 북궁수와 종패가 맨 처음에 탈출을 수월히 하는 과정에서 제갈중명의 도움을 받았다고 했다.

'아무리 무후서의 도움을 받았다고 해도, 제갈척 공자가 사천무림을 통합하는 것도 쉽지 않을 터.'

틀림없이 제갈중명의 도움이 있었으리라.

"그럼 사천무림도?"

"도움을 조금 주었을 뿐이네."

"오늘을 위해서?"

"미래를 위해서."

"……설마 아니겠지요?"

"자네는 뛰어난 능력을 지녔음에도 불구하고 단점이 하나 있지."

제갈중명은 술잔을 내려놓고는 말했다.

"뻔히 눈에 보이는 과업임을 알면서도 당장 닥치기 전까지는 하기 싫어한다는 것이네."

"아니, 그게 왜 제 과업입니까?"

"잘 생각해 보게. 분명 자네는 바라지 않았겠지. 자네가 괜한 겸손을 떨거나 젠체하지 않는다는 것은 본인도 잘 아네. 하지만 보게. 그렇게 싫어하면서도 정신을 차려 보면 인과의 한가운데 있는 것 아닌가. 사람이 태어난 이상 순리대로 살아갈 수밖에 없듯이, 자네도 자네의 운명에 거스를 수 없네. 아닌가?"

"크……."

제갈현몽은 말문이 막히는 것을 깨달았다.

그리고 새삼 깨달았다.

제갈중명은 강호에서 만났던 사람들 가운데에서 손꼽히는 강적이라는 것을!

'아니, 이 상황 자체가 나에게 불리하다.'

이 자리에 있는 면면 하나하나가 제갈현몽에게 있어 만만치 않았다.

진왕은 싱글벙글 웃고 있지만 자신을 반쯤 재미있는 장난감 비슷한 것으로 보고 있었고, 제갈중명은 설명이 필요하지 않다.

제갈현몽은 사마군을 바라보았다.

'그나마 사마 어르신이 가장 낫군.'

조금이라도 방심하는 순간 뱀굴로 끌려 들어갈 것 같다는 위기감 같은 것은 있긴 하지만, 제갈중명과 진왕 곁에 있으니 귀여운 수준이었다.

"자네, 왜 그런 눈빛으로 나를 바라보나?"

"새삼 다시 뵙게 되어 반가워서 그렇습니다."

"하하, 중명. 아무래도 같은 성씨보다는 장인을 더 반기는 것 같은데?"

"그런가. 본인이 볼 때는 자네가 가장 만만해서 본 것 같은데."

"질투하긴. 자, 일단 앉게!"

제갈현몽은 고개를 끄덕이면서 자리에 앉았다. 그러자 진왕이 빙긋 웃었다.

"고생이 가득하다는 표정이로군. 꼴이 말이 아니야. 마음 같아서는 쉬게 해 주고 싶지만…… 본 왕도 별로 시간이 없어서 말이지. 그래, 독심서생의 이야기를 들려주지 않겠나?"

"알겠습니다."

제갈현몽은 고개를 끄덕이고는 최대한 간단하게 진왕과 헤어진 직후부터 사도련에서 있던 일들을 말하기 시작했다.

진왕의 표정이 묘해진 것은 중간에서였다.

"그렇군. 오대거마라는 혈마가 모습을 감추었다고 하더니, 마뇌 때문이었나……."

"진왕 전하께서도 오대거마를 알고 계십니까?"

"알지."

진왕은 고개를 끄덕였다.

"자네도 어느 정도 알고 있을 텐데? 자신을 마군(魔君)이라 참칭하는 자가 있다는 것을."

"아."

제갈현몽은 고개를 끄덕였다.

마군은 오대거마라고 불리우면서도 다소 특이한 성향을 가지고 있는 마인이었다.

자신이 고대 진나라의 적통을 잇고 있다고 주장하면서, 자신이야말로 진정한 중원의 지배자이며 정통이자 새로운 황제라고 공공연하게 밝히고 다니곤 했다.

더더욱 곤란한 것은 그 능력만은 얕볼 수 없어서, 나라 안팎으로 그를 따르는 자들이 적지 않다는 것이었다.

"그렇군요. 혹시 마군이 준동하려 하고 있습니까?"

"왜 그렇게 생각하나?"

"그런 일이 아니었다면 진왕 전하께서 굳이 저 같은 천민을 위해 움직이지는 않으셨을 것 같습니다. 개인이 가지고 있는 호오와는 별개로, 아무런 실익 없이 움직일 자리는 아니지 않습니까."

"……."

"시기를 생각해 보면…… 그렇군요. 사도련과 마군이 손을 잡고 있는 것일지도 모릅니다."

정사대전이라는 것은 쉽게 일어나는 것이 아니다.

그리고 일어난다고 해도, 그리 오래 지속되지는 않는다.

아무리 관무불가침의 불문율이 있다고는 하지만, 자신의 통치 영역 안에서 두 무리가 서로 죽여 대는데 가만히 있을 나라는 없는 것이다.

"마군은 정사대전으로 인해 일어난 혼란을 이용할 수 있을 터이며, 사도련 또한 관의 방해 없이 정사대전을 이어 나갈 수 있을 터. 무엇보다 무림맹과 관을 동시에 상대할 필요가 없어지니 훨씬 낫겠지요. 그리고 이 모든 것을 생각해 볼 때…… 이 판을 짠 것은 마뇌일 것 같습니다."

"과연."

진왕은 고개를 끄덕였다.

"자네, 진짜 관직에 오를 생각 없는가? 지금이라면 병부시랑의 자리 정도는 줄 수 있네만."

"저 같은 필부가 어찌."

"하하, 지금 여기에서 그런 말을 하면 그냥 관직에 나서기 싫어서 고사하는 말밖에 안 되지. 그렇게 나라에 봉사하고 싶지 않은 것이냐?"

"제가 지금 하는 일도 넓게 보면 나라를 위한 일 아닙니까. 용서해 주시지요."

제갈현몽의 말에 진왕은 감탄했다.

보통 자신이 이렇게 나오면 다른 사람들은 아무리 똑똑

한 자라도 쩔쩔매면서 말을 고르기 마련인데 아주 능구렁이처럼 빠져나가 버렸다.

특히 자기가 위기라고 생각한 순간에는 그 능력이 극대화되는 것 같았다.

"역시 자네는 재미있어. 좋아. 일전에 본 왕의 신패를 이용한 건은 잠시 눈감아 주도록 하지."

"……."

제갈현몽은 머리를 긁적였다.

"아무튼 강호에서 점점 큰 일이 벌어지려고 하는 것 같습니다. 조심하시는 게 좋을 것 같습니다."

제갈현몽은 그렇게 말하면서 제갈중명과 사마군에게 충고했다. 그러자 사마군이 고개를 갸웃했다.

"왜 그리 남일처럼 말하는 겐가, 사위?"

"신경 쓰지 말게. 또 그냥 모르는 척하는 거니. 일종의 고질병 같은 거라고 생각하도록."

"……."

제갈중명은 찻잔을 내려놓으면서 말했다.

"확답을 내리지 않으면 끝까지 모르는 척할 테니 미리 말해 두지. 호법. 그대는 지금부터 무림맹으로 가야 하네."

"……제가 무림맹에 말입니까."

"그래. 여기서 하는 말이네만, 자네는 이제 무림맹 군사부에 취임해서 독자적으로 움직일 수 있는 권한을 획

득할 것이네."

"아니, 그게 무슨 무도한 일입니까."

제갈현몽은 발끈해서 외쳤다.

"무림맹에도 법도가 있고 절차가 있습니다. 무림맹에서 세운 업적도 없이 그런 요직을 차지하게 되면 적지 않은 반발이 일어날 터. 당장 내부의 반발이 적지 않을 겁니다!"

"그거라면 걱정 안 해도 되네."

사마군이 사위를 걱정하는 마음으로 상냥하게 웃었다.

"무림맹 군사부는 우리 사마씨와 저기 제갈씨가 꽉 잡고 있거든. 이미 작업은 마쳐 두었다네!"

"아."

제갈현몽은 아찔함에 눈을 질끈 감았다.

사도련의 천라지망보다 더더욱 무서운 것이 여기에 있었다.

도망칠 곳이 없다는 것을 깨달은 제갈현몽은 좌절했다.

"아니, 제가 거기 간다고 해서 뭘 할 수 있단 말입니까."

"사천무림의 총군사, 독심서생의 배후 조종자, 세외세력인 북해빙궁의 협조를 이끌어 낸 협상가, 사천을 넘어 이제는 전 중원에까지 영향력을 미치기 시작하는 녹림도 로맹주 장자방, 무림맹의 숨겨진 영향력을 행사할 수 있는 무림자사. 손짓 한 번만으로 사도련의 배를 절반가

량 불태워 버린 책략가. 검마의 야심을 무너트리고 천여향이라는 희대의 초절정고수를 배출해 낸 책사."

'젠장.'

조금 늘어놓고 멈출 줄 알았지만 끊임없이 나오는 무수한 직함에 제갈현몽은 반항심을 상실하기 시작했다.

모함이라고 해 버리고 싶었지만, 다들 크든 작든 자신이 개입한 것은 맞았다.

물론 오해도 조금 있었지만, 그 오해를 하나하나 바로잡는 것은 불가능했다.

이미 퍼진 소문을 어찌 하나하나 바로잡는단 말인가.

'이래서 무후재림이라는 이름이 싫었다.'

독심서생에서 무후재림으로 돌아온 지 얼마나 되었다고 벌써부터 이 이름을 벗어던지고 싶었다.

"자자, 너무 그렇게만 생각하지 말게. 명성이 있는 것이 없는 것보다는 낫지 않은가."

"명성이 딱히 저에게 도움이 된 적이 없는 것 같습니다. 고생만 하는 것 같습니다."

"그거야 자네가 좋아서 한 거 아닌가. 국궁진췌 사이후이라는 말은 자네 제갈세가에서 좋아하는 말 아니던가?"

사마군의 순진한 말에 제갈중명은 고개를 끄덕였다.

"비교적 좋아하는 말이지."

"역시!"

"역시! 가 아닙니다. 제갈 가주님은 좋아하지만 저는 별로 그 말을 좋아하지 않습니다."

"그러면 왜 그리 열심히 종횡무진하는가?"

"어쩌다 보니······."

제갈현몽의 말에 사마군은 고개를 살짝 갸웃하다가 무언가를 깨닫고는 어깨를 두드려 왔다.

"아, 겸손이었군? 내 잘 알지. 아무튼 알겠네."

"전혀 모르시는 것 같습니다만······."

제갈현몽은 뭔가 미묘한 반응에 떨떠름해 하면서도 일단 이야기를 마쳤다.

흥미롭게 이야기를 듣던 진왕은 고개를 끄덕였다.

"대충 알겠군. 이 모든 중원의 사변은 마뇌라는 자가 세상에 구멍을 뚫고 싶다는 말도 이유에서 벌인 일이라는 것인가."

"예."

단순히 사도련과 마군만이 아니었다.

안 그래도 마뇌는 신출귀몰한 사람이었다. 그런 사람이 여기저기 다니면서 벌인 일들이 벌써 한두 개가 아니었다.

비고에서의 일, 무성산의 인면지주, 북해의 신령의 타락······.

그 모든 것이 세상에 혼란을 불러일으키기 위함이었다.

"마인은 혼란스러운 시기에 나오기 쉬우니 말이지. 그

렇군. 그러면 당금의 혼란을 진압하기 위해서는 일단 마뇌라는 자의 제거가 선결되어야 한다는 말이구나."

"그렇습니다."

"알겠다. 제갈현몽은 무릎을 꿇으라."

"예."

제갈현몽은 즉시 무릎을 꿇고 두 손을 올렸다.

그러자 진왕이 일어나더니 품에서 한 통의 칙서를 꺼내 읽기 시작했다.

"지금 중원의 형세가 혼란에 이르렀고, 무림은 질서를 잃었으며, 마인들의 준동으로 백성들의 고통이 날로 더해지고 있다. 짐은 이 사태를 깊이 염려하며, 사해를 안정시키고 이 혼란을 잠재우고자 한다. 이에 제갈현몽에게 진무대사(鎭武大使)의 직위를 내리고 이에 따르는 편의와 권한을 부여하니, 무림을 바로잡고 마화(魔禍)를 진압하도록 하라. 각 부서 및 무림맹은 이를 보필하고, 명을 어기지 말지어다. 칙하노라."

"소인 제갈현몽, 삼가 받들어 황제 폐하의 어지를 받잡 옵사나이다. 황제 폐하, 만세 만세 만만세."

제갈현몽은 떨리는 두 손으로 어지를 받고는 깊게 절했다.

다른 사람도 마찬가지였다. 진왕은 만족스러운 얼굴로 고개를 끄덕였다.

"음, 좋구나."

"지, 진왕 전하. 이건……?"

"말 그대로 황제 폐하의 어지지. 뭐, 걱정하지 말게. 무림의 인사들에게 간혹 내리곤 하는 직위니까 굳이 입궁하거나 할 필요는 별로 없네."

"별로 없다는 건 하기는 해야 한다는 뜻 아닙니까?"

"그래야지. 설마 자네, 황제 폐하를 한 번도 안 뵐 생각이었나?"

진왕의 말에 제갈현몽은 할 말을 잃었다.

'과연 진왕 전하도 보통 사람은 아니다.'

말 한마디 잘못했다가는 바로 불충한 사람이 될 수밖에 없도록 몰아가는 것은 아무나 할 수 있는 것이 아니었다.

"그럼, 이제 어지도 주었고…… 목적은 달성했으니 슬슬 돌아가야겠군. 사실은 마군의 발호에 맞추어서 자네랑 같이 돌아갈까 했네만, 아무래도 마뇌라는 자를 잡으려면 마군보다는 무림맹에 있는 게 더 유리하겠지? 아쉽군."

진왕이 입맛을 쩝 다셨다.

"혹시 추천할 만한 인재가 없는가? 제갈현몽을 대체할 만큼 적당한 능력이 있으면서, 명성도 그럭저럭 알려져 있는 인물이면 참 좋을 것 같네만."

"음. 한 사람 있긴 합니다."

제갈중명이 서슴없이 고개를 끄덕이자, 제갈현몽이 그

인물을 눈치채고는 경악 어린 눈을 했다.

"가주님. 그건 좀 너무하지 않습니까?"

"너무하다니. 입신양명할 기회인데 왜 너무하지?"

"아니, 그래도……."

"애초에 성공하고 싶어 가문을 떠난 아이네. 오히려 이런 기회를 주는 것이 그를 위하는 일 아닌가?"

"크윽."

제갈현몽은 제갈중명의 말에 쉽사리 반박하지 못했다.

논파에 성공한 제갈중명은 만족스럽게 고개를 끄덕였다.

"독심서생을 불러오도록."

"……."

잠시 후, 쉬다 말고 난데없이 불려온 제갈척은 영문을 알 수 없어 얼떨떨한 표정을 지었다.

그리고 사람들의 면면을 보더니 즉시 무언가를 깨닫고는 불안한 표정을 지었다.

"무, 무슨 일이십니까?"

"척. 독심서생은 그렇게 유순하게 말하면 안 된다."

제갈중명의 말에 제갈척은 묘한 표정을 지었다.

제갈척은 바보가 아니었다. 제갈중명의 말에 어떤 맥락이 있는 것을 어렵지 않게 간파할 수 있었다.

"서, 설마. 아니겠지요?"

"맞다니까. 척, 너는 지금부터 이 진왕 폐하와 같이 군문으로 가서 마군을 막는 데 일조하도록 하거라."

"부디 말씀 거두어 주십시오. 소생은 그럴 능력이 없습니다!"

"하지만 제갈현몽의 부재에도 불구하고 사천무림을 하나로 만든 것은 자네가 아니던가?"

"그건 그 책이 시킨 대로 한 것일 뿐이지 제 능력이 아닙니다!"

제갈척은 진심 억울해하면서 말했지만, 유감스럽게도 이 자리에 있는 사람들은 그런 어설픈 말에는 조금도 흔들리지 않는 사람들뿐이었다.

"말이 이상하군. 제갈척. 자네 말대로라면, 책이 시키긴 했지만 실현시킨 건 자네란 소리 아닌가?"

"……그건, 그렇습니다만."

"그리고 본 가주는 자네에 대해 잘 알고 있네. 자네, 제갈세가 방계로서의 한계를 느끼고 성공하고 싶어서 제갈현몽에게 찾아간 것 아니던가?"

제갈척은 숨이 턱 하고 막히는 것을 느꼈다.

'제갈가주에게는 인간의 마음이 없다.'

제갈세가에서 흔하게 들리는 말이다.

예전에 가문에 있을 때는 그냥저냥 흘려 듣던 말이었다. 어차피 방계에 불과한 자신이 접촉할 일도 없었으니까.

하지만 막상 마주하고 나니 왜 그런 말이 붙었는지 뼈

저리게 알 수 있었다.

"가주님. 그만하시지요. 제갈척 공자께서는 그동안 열심히 해 왔습니다. 그동안 고생을 많이 했는데, 그만 쉬게 해 줘도 되지 않습니까."

"초, 총관님!"

"그런가."

제갈중명은 제갈현몽마저 자신의 편을 들어 주지 않자 고개를 끄덕였다.

"그럼 어쩔 수 없겠군. 제갈현몽. 그대가 당분간은 무림맹과 진왕 전하를 오가면서 일을 해 줘야……."

"척 공자. 혹시 필요한 지원이 있다면 말씀해 주시겠습니까?"

제갈척의 눈가가 배신감에 젖어 들었다.

그는 알지 못하고 있었지만, 마뇌의 제자들이 스승에게 매우 자주 느끼는 감정 중 하나였다.

'나만 죽을 수 없다. 또다시 남의 행세를 한다는 건 싫다.'

무후재림의 시늉을 하면서 겪은 그 지옥을 다시 반복하고 싶지는 않은 것이다.

극한의 상황에 놓인 제갈척의 두뇌가 매우 빠르게 회전했다.

'총관님? 아니다. 씨알도 먹히지 않아. 제갈 가주님?

같이 있다가는 내가 말라 죽을 것이다. 사마 가주님은 내가 어떻게 할 수 없고. 하지만 혼자 죽을 수 없다. 누구 없나, 적당한 인물이…….'

그 순간 어떤 번뜩임이 일었다.

"명 받들겠습니다. 하지만 제가 독심서생의 시늉을 하기는 좀 어려울 것 같습니다. 방금 전 가주님께서도 말씀하시지 않으셨습니까? 독심서생은 그리 말하지 않는다고 말입니다."

"으음. 누군가 추천하고 싶은 사람이 있는 것인가?"

"예. 저 대신 독심서생의 시늉을 할 만한 적당한 사람을 한 사람 알고 있는데. 혹시 가능하겠습니까? 이 자리에 있는 모두에게 허락을 받고 싶습니다."

제갈중명은 고개를 끄덕였다.

제갈현몽도 고개를 끄덕였다. 이대로 있다가는 자신이 끌려갈 지도 몰랐기 때문이다.

진왕도 고개를 끄덕였다. 아무튼 진왕은 지금 이 돌아가는 상황이 제법 재미있었다.

사마군도 고개를 끄덕였다. 사실 그는 아무 생각이 없었다.

"감사합니다. 그럼 저는 사마종 공자를 추천하겠습니다. 그라면 독심서생의 시늉을 무척 잘할 수 있을 것입니다. 물론 모사로서의 능력도 뛰어나니 틀림없이 도움이 될 것입니다!"

사마군이 당황했다.

"아, 아니! 제갈척 공자! 그게 무슨……."

"방금 협력해 주겠다고 말씀해 주시지 않으셨습니까?"

제갈현몽은 짧게 감탄했다.

지금까지 마뇌가 왜 그리 제자들을 몰아붙이는지 잘 알지 못했는데, 지금 조금씩 이해가 가고 있었다.

고난과 역경이 사람을 성장시키는 법이다.

떠날 때만 해도 문약한 서생에 불과했던 제갈척이 지금은 이런 어엿한 모략을 선보이는 것이다.

'게다가 사마종 공자가 독심서생에 더 어울리는 것도 사실이다.'

아닌게 아니라 제갈현몽이 독심서생으로 활동하면서 보인 오만한 태도나 행동 등은 다름 아닌 사마종을 보면서 익힌 것도 있었다.

"하, 하지만 연락할 방법도 마땅치 않고……."

"아, 그런 거라면 제가 전서구를 날리겠습니다."

"오는 길도 마땅치 않고……."

"걱정 마십시오. 수로맹이 있지 않습니까."

"자네, 입 좀 다물고 있으면 안 되겠나?"

제기하는 문제마다 바로 해결책을 제시하는 제갈현몽의 모습에 사마군이 일침을 날렸다.

하지만 사마군 또한 고개를 세로로 끄덕일 수밖에 없었다. 그 모습에 제갈척은 회심의 미소를 지었다.

'계획대로다.'

결국 거기에서 사마종을 꺼낸 것은 신의 한수…….

"제갈척이라고 했나? 자네도 꽤 재미있군. 하하하, 본왕과 함께 가세!"

"……."

였지만 결국 제갈척은 무슨 팔려 가는 것처럼 진왕의 호위무사에게 그대로 끌려 나가는 신세가 되었다.

제갈현몽은 그 모습을 보면서 묘한 표정을 지었다.

자칫 잘못하면 자신이 저런 꼴이 될 뻔한 것이다.

"……이제 끝난 거지요?"

안 그래도 피로감이 대단했는데, 일련의 사태를 겪고 나니 더욱 피곤해진 것 같았다. 갑자기 눈꺼풀이 천근만근 무거워지는 듯한 느낌.

다만 묘하게 제갈현몽은 잠에 빠져들기 싫었다.

해야만 하는 뭔가를 잊어버리고 있는 듯한 느낌.

'뭐였…… 아. 종패 대협.'

"그러고 보니까 종패 대협은 아직이십니까?"

"방금 연락을 받았네. 그러니까 안심하고 기절하도록."

"아, 그거 다행이군요. 그 상황에서 어떻게 무사할 수 있었는지 궁금……."

"아, 별거 아니네. 녹림대왕 마진광이 직접 나타나서 그를 구원했으니."

제갈현몽은 잠이 싹 달아나는 것을 느꼈다.

"누가 나타나 누구를 구했다고요?"

* * *

마진광과 종패 등이 돌아온 것은 조금 지난 뒤였다.

짧은 시간 가수면을 취해 조금 멀쩡해진 제갈현몽의 등과 어깨를 마진광이 마구 두드렸다.

"크하하하하핫! 오래간만이구나! 나의 장비여!"

제갈현몽은 쓴웃음을 지었다.

만나서 반갑기는 했지만, 이런 곳에서 볼 사람이라고는 생각하지 못했는데.

"왜 마 맹주님이 여기 계십니까? 녹림도로맹은요?"

"아, 여러 가지 있지. 일단 맹은 철화방의 애들에게 대충 맡겼고……."

"그리고?"

"슬슬 녹림도로맹의 세력을 중원까지 확장하려고 해서 말이지."

"확장 말입니까. 갑자기 왜 그런……?"

"아, 나도 사실 별로 생각이 없었는데, 저기 얼음처럼 생긴 제갈 가주가 나보고 제안하더군."

"사마세가에게 진 빚을 갚기 위해서 아닌가."

사마군이 어딘지 묘한 눈빛으로 마진광을 바라보았다.

'아, 그러고 보니까.'

원래 마진광과 사마세가는 악연이 있었다.

"그거 우리 장비 때문에 전부 해결된 거 아니던가? 구원(舊怨)을 끌어안고 끙끙거리고 있다니, 명문세가인 사마세가답지 않군. 그런 그대들 또한 그것을 빌미로 철화방을 복속시키려고 하지 않았나?"

"마 맹주님. 말투에 현기가 깃들어 계십니다."

"크하핫핫핫핫!"

사마군은 마진광이 웃는 것을 보더니 어처구니없는 표정을 짓다가 고개를 흔들어 버렸다.

솔직히 아직도 감정이 좋냐 나쁘냐를 따지면 나쁘다에 가까웠다.

하지만…….

'사위와 저렇게 사이가 좋은 데다가, 마진광 또한 초절정이 되었으니 함부로 건드는 것은 상책이 아니지.'

"그나저나, 무사하셔서 다행입니다."

"뭘, 별거 아니었네."

"뭘 별거 아니었다고 하는 건가."

말을 불쑥 꺼낸 것은 사천당가의 가주, 당진천이었다.

그가 피곤하다는 듯한 표정을 지으며 말했다.

"말 그대로 선불 맞은 멧돼지가 따로 없더군."

"당 가주님. 어떻게 된 겁니까?"

* * *

협곡에서 초절정고수들의 합이 격렬하게 교환되고 있었다.

그리고 그 상황에서 압도하고 있는 것은 진패천 쪽이었다.

"이것도 받아 봐라."

진패천은 본래 십절무적이라는 별호를 가지고 있었다.

열 개의 서로 다른 무학에서 나오는 기이한 공격은 익숙해질 만하면 변칙적으로 변화해 허점을 찔러 왔다.

단 하나의 단점이라면 진패천의 무공은 하나같이 막대한 내공의 소모를 바탕으로 한다는 것인데…….

'끝이 보이질 않는군.'

종패는 내상으로 피가 섞인 침을 탁 하고 내뱉었다.

무슨 마르지 않는 샘이라도 되는 것처럼 내공이 계속해서 뿜어져 나오고 있었던 것이다.

진패천은 웃음을 지었다.

"아무리 두 명이라지만, 이제 막 초절정에 든 애송이들에게 질 내가 아니다."

까다로운 것은, 단순히 강기만 무식하게 구사하는 것이 아니라는 점이었다. 마치 두 사람인 것처럼 서로 다른 무학을 구사하면서 종패와 마진광을 상대하는 진패천의 얼굴에는 은은한 미소마저 걸려 있었다.

"하하하! 너희들 무공은 둘 다 똑같아서 상대하기가 쉽다!"

"그럼 이건 어떤가요?"

매화의 꽃잎이 흩날렸다.

천여향이 내려앉음과 동시에 숨 쉴 틈도 주지 않고 연격을 펼치자, 진패천의 무공이 정교하게 변했다.

뇌기로 화한 강기가 진패천을 조여 오던 꽃잎의 강기들을 모조리 꿰뚫어 버렸다.

"……화산파의 새로운 화산제일검인가! 화산파의 절학이 이렇게 변화무쌍하다고 들어 본 적 없었는데?"

"이게 진정한 화산파의 검이에요."

"과연! 하지만 세 명이 되었다고 달라질 것은……."

쐐액!

말을 하다 말고 진패천은 서둘러 손을 휘둘렀다.

'암기?'

그것도 한두 개의 암기가 아니었다. 서로 다른 종류의 암기가 마치 소나기처럼 자신을 덮쳐 오고 있었다.

놀라운 것은 그 하나하나가 강기를 머금고 있었던 데다가…….

'독기까지 깃들어 있군.'

진패천은 신형을 날려 암기의 폭풍에서 벗어나더니 미간을 찌푸렸다.

"방금 그건……."

"당가의 전설이라고 할 수 있지. 아직 미완성이라고는 하지만 초견에 그리 피할 줄은 몰랐는데."

처음 보는 얼굴이었지만, 진패천은 모습을 드러낸 사람이 누구인지 알 수 있었다.

"암왕 당진천!"

그리고 동시에 황당해했다.

'무슨 초절정 무인들이 왜 이렇게 많아진 것이지?'

어지간해서는 한 자리에 모이기도 어려운 초절정 고수가 이렇게 모이자 진패천의 미간이 일그러졌다.

그 미간이 더더욱 일그러진 것은 이어 들려온 전음을 듣고서였다.

-급보입니다. 조자건이 무후재림이 판 함정에 빠져 사로잡혔다고 합니다.

그 보고에 진패천은 비로소 일이 어떻게 진행되고 있는지 깨달을 수 있었다.

"무후재림. 설마…… 이 모든 것이 전부 그자의 손아귀

였단 말인가?"
"그렇소."

* * *

당진천의 이야기를 듣고 있던 제갈현몽이 어처구니없어했다.
"아니, 왜 거기에서 제 이름이 나옵니까? 저는 아무것도 안 했습니다!"
"후후, 나에게는 그렇게 감출 필요가 없네."
다른 사람은 아무도 몰라도 당진천은 알고 있었다.
이 제갈현몽이라는 서생은 겸손함이라는 가면 뒤로 어마어마한 야망을 감추고 있는 것이다.
"그런 야망이 있었기 때문에 사천무림을 결집시켜 우리들을 모은 것이 아니었던가?"
"그건……."
"맨 처음에는 사천무림의 세력을 결집시키는 것을 보고 의아해했네만, 사도련의 움직임이 심상치 않은 것을 보고 그 의도를 깨달았지. 사도련의 음모를 파헤치고, 동시에 무림의 힘을 결집시켜 정사대전에 대비한다. 전부 자네의 손길이 들어간 일이고 앞뒤가 맞는 일인데 이래도 오해라고 할 것인가?"

"예. 오해입니다."

"하하하, 여전히 겸손하군."

당진천이 너털웃음을 터트리면서 제갈현몽의 어깨를 두들기고 가 버렸다.

'아니, 어차피 안 믿을 거면 대체 왜 물어보는 거지?'

망연자실하게 그 모습을 지켜보던 제갈현몽은 한숨을 내쉬고는 물었다.

"그래서 진패천은 물러났습니까?"

"그러네. 자네를 기억하겠다는 말을 하더군."

"……."

제갈현몽이 묘한 표정을 지었다.

진패천은 물러나고, 주변 사람들은 크게 다친 일 없이 살아서 빠져나오고. 좋은 일밖에 없었지만 뭔가 수렁에 빠진 듯한 느낌이었다.

기껏 독심서생의 신분에서 벗어나 진패천의 관심을 비껴 나가게 한 순간에, 귀신같이 자신에게 화살이 돌아온 것이다.

게다가 이건 가짜 신분도 아니고 자신의 본래 신분이라는 점에서 더욱 최악이었다.

"괜찮아? 제갈아?"

"화령은 제 모습이 괜찮아 보입니까?"

"괜찮아 보이는데. 너 항상 맨날 죽을 것 같은 표정 지으면서 잘하잖아."

"……."

제갈현몽은 이 순간, 다른 세계로 넘어가고자 했던 귀곡자의 심정을 조금 이해할 수 있을 것 같았다.

    * * *

무림맹으로 가기 전에 해야 할 일이 있었다.

"그대가 무후재림인가. 독심서생은 어디에 있지?"

소무결과의 대면이었다.

소무결은 팔짱을 끼고 노골적으로 마음에 안 든다는 듯 제갈현몽을 바라보고 있었다.

"독심서생은 멀리 떠나고 없습니다."

맞는 말이긴 했다.

원본 독심서생은 지금 사천 무림맹 뇌옥에서 지금도 갇혀 있을 것이고, 가짜(?) 독심서생은 지금 진왕에게 끌려가고 있는 중이었다.

"설마, 네놈…… 토사구팽이라도 한 건 아니겠지?"

소무결이 은은하게 살기를 흘렸다.

물론 진심은 아니었다. 그저 단순한 치기에 불과했을 뿐이었기에 제갈현몽은 손을 들었다. 덕분에 뒤에 있는 조상을 비롯한 호위들의 출수를 막아 낼 수 있었다.

'피곤하군. 빨리 끝내자.'

안 그래도 무후재림으로 귀환한 이후로 이래저래 더욱 피곤한 일이 들이닥치는 기분이었다.

그게 얼굴에 나올 것 같아 흑우선을 펼쳐 얼굴을 감춘 제갈현몽이 말했다.

"글쎄, 그럴 것이라 생각하십니까? 어떻게 했으면 좋겠습니까?"

"……!"

소무결의 등줄에 서늘한 감각이 흘렀다.

눈 밖에 보이지 않는 제갈현몽은 명백하게 말하고 있었다.

'자신의 뜻대로 독심서생의 처우를 결단할 수 있다는 것인가!'

그제야 소무결은 이따금 독심서생이 보이곤 했던 모습을 이해할 수 있었다.

예전에는 무후재림에게 자신감 어린 언행을 주로 하던 독심서생이, 사천에서 돌아온 뒤로는 과도하게 무후재림을 평가절하하거나, 과민 반응을 보이는 일들이 잦았다.

소무결은 그것이 이해가 가지 않았다.

무후재림이 분명 명성을 날리는 사람이기는 하지만, 그래 봐야 무공도 모르는 한낱 서생에 불과한 이가 아니던가?

'아니다. 이자는…… 뒤에서 모든 것을 조종하고 있다.'

"질문의 답을 아직 듣지 못했습니다만."

"……내 대답에 따라 독심서생의 처우가 결정되는 건가?"

"그렇다고 할 수 있겠지요."

제갈현몽은 별생각 없이 그리 말했다.

진왕에게 끌려가기는 했지만 어쨌든 이후 처우도 생각해 봐야 하지 않겠는가.

'가능하면 필요 없다고 해 주면 좋겠군.'

그렇게 생각하고 있을 찰나, 소무결이 뿌득 하고 이를 갈더니 말했다.

"……독심서생은 본 공자, 아니 내게 있어 소중한 사람이오. 그의 목숨만은 살려 주실 수 있겠소?"

"예?"

"이렇게 부탁하오."

털썩!

소무결이 무릎을 꿇자 술렁임이 일었다.

끝까지 살아남은 사도련의 생존자들이었다. 그들은 북해빙궁의 무사들에게 구원을 받은 뒤로 자연스럽게 소무결의 세력으로 합류된 상태였다.

"이, 이공자!"

"어찌 사도련의 후계자가 다른 사람에게 무릎을 꿇는

단 말입니까!"

"시끄럽소! 그대들 또한 독심서생의 희생으로 살아남은 것 아닌가?"

"……!"

소무결의 일갈에 무언가를 깨달았는지 다른 사람들도 하나둘씩 무릎을 꿇기 시작했다.

그 모습에 제갈현몽은 어처구니없어했다.

'아니, 또 왜 일이 이렇게 되는 것이지?'

대충 왜 이 사람들이 이런 오해를 하는지 깨달은 제갈현몽은 떨떠름한 표정을 지었다.

생각보다 소무결이 독심서생을 생각하는 마음이 꽤 강했던 것이다.

"자자, 왜 그러십니까. 다들 일어서십시오."

"독심서생의 목숨을 구해 주십시오!"

"음."

제갈현몽은 묘한 표정을 지었다.

'어디서 이렇게 꼬인 거지?'

그런 생각이 문득 스치고 지나갔지만, 이내 고개를 흔들었다.

생각해 보니 굳이 오해를 풀 필요가 없었다.

'어차피 오해를 풀려고 노력해 봤자 또 이상한 오해를 시작할 것이다.'

오랜 경험상 절대로 자신이 원하는 대로 일이 흘러가지 않는다는 것을 깨닫기 시작한 제갈현몽은 슬슬 귀찮아졌다.

"……독심서생이 무사하기를 바란다면, 앞으로 제 말을 잘 따라 주었으면 좋겠습니다. 아시겠습니까?"

"크윽, 알겠소."

"좋습니다. 그러면 아무 일도 없을 겁니다. 후후후."

소무결은 고개를 끄덕이면서 묘한 기시감을 느꼈다.

어째 제갈현몽의 말하는 투나 목소리가 독심서생과 무척 비슷하게 느껴졌던 것이다.

'모사들은 다들 이런가?'

50장. **교두가 되었다**

교두가 되었다

"협력이 가능할 것 같아서 다행이군요."

제갈현몽은 만족스럽게 고개를 끄덕였다.

안 그래도 그들이 본래 속해 있던 사도련은 무림맹과 반대 진영이 아니던가.

피치 못할 사정에 의해 몸을 의탁한다고 하더라도 통제가 쉬운 것이 아닐 터인데, 생각보다 협조적이었다.

당화령은 이를 묘한 눈빛으로 바라보았다.

'협력이 아니라 협박 아닌가?'

실제로 소무결을 비롯한 사도련의 인물들은 분루를 삼키면서 제갈현몽에 대한 적대감을 키우고 있는 것 같았다.

"그래서? 우리들은 어떻게 되는 것이지?"

"후후, 여러분들에게는 시킬 일들이 많습니다. 만약 정사대전이 승리로 끝난다면, 텅 비어 버린 사도련으로 돌아가서 재건을 해야 하겠지요."

무림맹과 적대하고 있는 사도련이지만, 제갈현몽은 그 필요성을 알고 있었다.

일단 무림에 강대한 단체가 단 하나만 있는 것은 좋지 않았다.

여차할 때 무림맹을 견제할 수 있는 단체가 있어야 무림의 균형이 유지되는 것이다.

그것이 아니더라도, 사도련은 여기저기 퍼져 있는 사파들을 하나로 묶어 내는 장점이 있었다. 사도련이라는 울타리가 있기에 사파들이 크게 준동하지 않았다.

"크윽! 제 뜻대로 사도련을 주무르겠다는 뜻인가?"

"아니, 왜 말이 그렇게 됩니까? 저는 그럴 생각이 없습니다."

"웃기지 마라. 나도 귀가 있어 알고 있다. 무후재림, 네 녀석의 야심을!"

"어디서 들은 것인지는 모르겠지만 사실무근의 헛소리입니다."

제갈현몽은 딱 잘라 말했다.

이제 슬슬 이런 오해를 벗겨 내는 일에 익숙해지고 있었다.

'이런 오해는 아예 처음부터 솔직하게 나가는 게 좋다.'

"자, 생각해 보십시오. 저처럼 평범한 백면서생이 야심을 갖는다는 게 말이나 되겠습니까? 제가 그렇게 보이십니까?"

"말이 된다. 그렇게 보인다."

"……."

제갈현몽은 문득 자기도 모르게 번개를 번뜩였다.

"크악!"

"앗, 이런. 죄송합니다. 술법의 통제를 잃어서 그만…… 정말 죄송합니다. 하지만 이공자의 무공 수련에도 도움이 되는 것이니 한 번만 용서해 주시지요."

정말 일부러 한 것이 아니었다.

'이것도 다 독심서생 때문이다.'

독심서생의 시늉을 너무 오래 하다 보니 저도 모르게 번개로 공격하는 것에 익숙해졌던 것이다.

소무결 또한 기시감을 느꼈다.

'진짜 모사들이란 놈들은 다 이런 건가?'

* * *

그러는 사이 사천무림 연합과 사도련 잔당을 태운 배는 장강을 타고 무한으로 향했다.

항구에 도착하자 거기에는 이미 무림맹의 사람들이 기

다리고 있었다.

"오래간만입니다, 무후재림."

"남궁 소협이시군요. 그냥 제갈현몽이라고 불러 주시겠습니까?"

무림맹주, 손광심의 직속인 소무제 남궁명이었다.

가문의 반대에도 불과하고 가문을 뛰쳐나와 맹주의 보좌역을 자처할 정도로 손광심을 따르는 측근.

남궁명이 제갈현몽을 보고 침을 삼켰다.

'나도 나름대로 야심가라고 생각했지만 저자에 비해서는 아무것도 아니군.'

제갈현몽의 뒤에 서 있는 면면은 화려하다 못해 눈부실 지경이었다.

사천당가의 가주 암왕 당진천, 제갈세가의 가주 빙명협 제갈중명, 사마세가의 활수의선 사마군, 두 개의 별호를 가지고 있으며 당대 화산제일검으로 일컬어지는 천여향, 녹림도로맹의 맹주 마진광에 얼마 전 자신도 마주쳐 본 적이 있던 종패…….

거물들만 거론해도 그 정도였다.

'드디어 와룡이 일어난 것인가.'

사천에서는 아예 무후재림을 넘어서 제갈무후라고 불리고 있지 않던가.

단순한 일이지만, 그것이 의미하는 바는 명확했다.

'사천무림을 완전히 수중에 넣었으니, 외부로 눈을 돌리는 것은 당연한 일이다.'

남궁명은 그 모든 것을 계산하고 상당한 강적이 나타났음을 알았다.

그가 손광심을 따르는 것은, 단순히 그를 존경하기 때문만은 아니다. 장차 무림맹주가 되고 싶은 마음도 있기에 남궁세가의 차기 가주 자리를 박차고 나온 것.

동년배에 적수가 없다고 생각한 그였지만, 지금 이렇게 무시할 수 없는 강적이 나타나자 식은땀이 흐를 수밖에 없었다.

"하하, 대단하군요. 저와 그리 나이가 차이가 나지도 않는데 벌써 사천무림을 대표하시다니."

"하하, 그런 거 아닙니다. 오해 말아 주십시오. 사람들이 쓸데없는 착각을 할까 봐 두렵습니다."

'시치미를 잘 떼는군.'

약간 시간차를 두고 살짝 웃는 남궁명의 모습은 제갈현몽에게 익숙한 것이었다.

'이상한 오해를 하고 있나 보군. 아, 세상에 오해를 모두 풀어 버리는 마법은 없을까?'

아닌 게 아니라 알렌의 세계에서 대(大) 자가 붙은 마법사들은 그러한 숙원을 이루기 위한 마법을 연구했다. 그리고 그들이 그런 것으로 연구하는 것은 보통 물질로 해결하기 어려운 문제였다.

"어쨌든 가시지요. 맹주님도 제갈 공자를 기다리고 계실 겁니다. 맡기고 싶은 일도 많은 모양입니다."

"……저 그냥 사천으로 돌아가면 안 되겠습니까?"

"무슨 농담도…… 자, 가시지요. 탈것을 준비해 두었습니다."

"예."

제갈현몽은 고개를 끄덕이고는 남궁명이 가리킨 것을 바라보았다.

거기에 사륜거가 있었다.

"제발저게제가탈것이아니라고말씀해주시겠습니까?"

"예? 그게 무슨…… 좋아하지 않으십니까?"

"누가 그런 소리를?"

"의검문주님이 그러시더군요."

제갈현몽은 그 말에 문득 시선을 느끼고 고개를 돌렸다.

어째 익숙한 사람들이 손을 마구 흔들고 있는 것이 보였다.

의검문의 사람들이었다.

"무후재림님! 보이십니까?"

"사륜거가 망가졌다는 전갈을 받고 급하게 준비했습니다!"

순박하게, 해맑게 손을 흔들고 있는 광경.

제갈현몽은 차마 저걸 타고 싶지 않다는 말을 할 수 없었다.
"아, 혹시 타고 싶지 않으신 겁니까?"
"아뇨, 정말 타고 싶습니다……."
남궁명은 고개를 끄덕였다.
'역시 야심가야. 자신의 등장을 모든 이에게 각인시킬 셈이로군.'

* * *

"오래간만이군. 자네도 보통이 아니야. 무림맹에 들어온 것만으로도 이렇게 화제가 되는 사람은 드물 것이네. 사륜거를 타고 들어올 생각은 어찌했나?"
"한 적 없습니다."
'생각한 것보다 더욱 지옥이었다.'
사륜거 자체가 눈에 띄는 물건이다.
하지만 제갈현몽이 예측하지 못한 것은 다름 아닌 일행들이었다.
정확히는, 그 면면에 있었다.
사륜거를 둘러싼 사람들이 하나같이 쟁쟁한 인물들인 데다가, 심지어는 북해빙궁의 사람들은 말도 아니고 늑대에 타고 있었다.

당연히 무한에서 무림맹으로 오는 동안 무수히 많은 시선들을 받을 수밖에 없었다.

저 늑대는 뭐지? -〉 북해빙궁의 사람들이구나, 그럼 다른 사람들은? -〉 다들 한가락 하는 세가의 가주나 초절정고수 아닌가? -〉 그럼 그들이 지키고 있는 사륜거에 타고 있는 사람은 누구지? -〉 저 사람이 그 소문으로만 듣던 무후재림인가? -〉 소문이 허황되었다고 생각했는데 사실 소문보다 더 대단한 사람이구나!

사륜거에 타고 있는 제갈현몽은 그 흐름을 도저히 막을 수 없었다. 덕분에 사륜거에 타고 있는 동안 흑우선을 펼쳐 사람들의 시선에서 자신을 방어할 수밖에 없었다.

'이 정도일 줄 알았으면 절대로 사륜거에 타지 않았을 것이다.'

"후후후, 자네도 여전하구먼. 그렇게 눈에 띄는 게 싫은가?"

"눈에 띄어 보았자 고생밖에 더 하겠습니까."

"그렇지. 하지만 나로서는 좋았네."

손광심은 미소를 지었다.

"자네의 등장으로 인해 느슨해진 무림맹에 긴장감을 불러일으킬 수 있었거든."

"설마…… 의검문을 대동한 것은 맹주님의 사주였습니까?"

"글쎄. 그렇게 생각해서 자네가 편하다면 그리하게나."
제갈현몽은 탄식했다.
"어째 제 주변에는 이런 사람들밖에 없습니까?"
"이런 사람이 어떤 사람들인데?"
"속내를 모르는 사람들은 저를 제멋대로 오해하고, 제 속내를 아는 사람들은 저를 가만두지 않질 않습니까."
"혹시 자네 유유상종이랑 근묵자흑이라는 말에 대해서 알고 있는가?"
손광심의 말에 제갈현몽의 입이 딱 다물어졌다.
"아무튼 미안하지만 어쩔 수 없었네. 사도련이 준동한다는 말에도 무림맹은 미적지근한 반응을 보이고 있으니까. 그나마 사천무림이 이렇게 주도적으로 먼저 움직여 준 덕분에 엉덩이가 무거운 치들이 그나마 일어나기 시작했네. 먼저 나서기 싫은 주제에 빠지고 싶지는 않다는 것이야."
"으음. 저번에도 들었지만 무림맹이 딱히 결속된 것 같지는 않군요."
"맹이라고 해도 결국 서로 다른 이익 단체들이 모인 곳이니 말이네. 구파와 세가의 협력 없이는 맹이 굴러가지 않지."
손광심은 그런 면에서 제갈현몽을 높게 샀다.
제갈현몽이라는 밧줄이 서로 크기도 모양도 다른 화살

을 하나로 묶고 있었으니까.

"그리고 나는 자네가 무림맹에서 같은 역할을 해 주기를 기대하고 있다네."

"제가 그런 능력이 있다고는 생각하지 않습니다만…… 애초에 제가 어떻게 그렇게 구파와 각 세가의 호의를 살 수 있단 말입니까?"

"하하, 그건 걱정하지 말게. 이미 다 준비한 거 아니었나?"

제갈현몽은 바로 그 말을 들은 순간부터 걱정이 되기 시작했다.

과연 손광심은 미리 준비한 함을 꺼내더니 하나둘씩 서신을 꺼내기 시작했다.

"자, 이건 무당파에서 온 서신일세."

─……지난번에 보내 준 제안은 잘 들었소. 과연 본파의 해검지(解劍地)에는 이런저런 문제가 있지. 특히 병장기를 숨기고 들어온 자들이 적지 않소. 일전에는 목구멍에 칼을 집어넣고 들어오는 자도 있었소. 무후재림이라는 자에 대해서 알고 있소. 본파의 백견이라는 아이도 도움을 받은 적이 있다 들었지. 그런 사람이 본파에 방문하여, 해검지를 보완해 준다니 기대가 되오…….

"이건 소림사에서 온 서신이고."

─……실전된 단약의 제조법을 부활시킬 수 있다는 소

식을 들었소이다. 듣자 하니 사마세가에서 청령환을 개량해 이전과는 비교도 할 수 없을 정도로 발전시켰다고 하더군. 그 이야기를 들은 보약당주가 답지 않게 흥분을 가라앉히지 못하더군. 그 무후재림이 대환단의 전설을 재현하는 데 협력해 주겠다니! 이는 소림뿐만이 아니라 전 무림의 홍복이 아닐 수 없…….

"팽가에서 온 서신일세."

—팽악에게 들었는데 순간이지만 근력을 극대화시킬 수 있다는 비술을 전수해 주겠다고 하더군. 물론, 팽가의 사람들은 그딴 사술 없이도 충분히 강인하지만 그래도 팽악 그 녀석이 그리 열변을 토하니 한번 구경이나 해 볼…….

"……………………."

"자네, 얼굴이 새파랗게 변했군."

"이게 다 뭡니까?"

"혹시 자네, 낚시를 해 본 적이 있나? 이 낚시라는 것은 대저 미끼 없이는 고기를 낚을 수 없다네!"

알기 쉬운 비유였다.

이 경우 제갈현몽이 미끼였고, 물고기들이 서신을 보낸 사람들이었다.

'아니 근데 왜 내가……!'

참을 수 없는 분노에 온몸이 부들부들 떨렸다.

조금 울음이 나오기까지 했다.

모두가 난생처음 느끼는 감정이었다.

"……누가 이런 흉계를 꾸민 겁니까?"

"흉계? 제갈 가주가 와서 그러더군. 현재 무후재림을 맡고 있는 자가 각파에 제안서를 썼는데 무림맹에서 대신 보내 줄 수 없냐고. 다 자네가 쓴 거 아니던가?"

"……."

제갈현몽은 모든 사정을 깨닫고는 할 말을 잃었다.

제갈척이 무후재림을 하고 있는 것을 알자마자 바로 그를 꼬드겨 서신을 쓰게 한 것이다!

그제야 제갈현몽은 한 가지 진리를 깨달았다.

제갈현몽이 일찍이 독심서생의 시늉을 하면서 제멋대로 한 것처럼, 다른 누군가도 제갈현몽의 시늉을 하면서 제멋대로 할 수 있는 것이다.

"그, 이건. 그러니까……."

"아, 제갈 가주가 그러더군. 잠깐 몰아서 힘든 것이 몇 년이고 전쟁을 하면서 고생을 하는 것보다 낫지 않겠냐고 말이네."

"……."

'이게 직계와 방계의 차이인가?'

심계의 차원이 달랐다.

'이대로는 곤란한데.'

제갈중명의 심계가 생각 이상으로 깊었다.

이대로라면 자신은 어쩌면 평생 제갈중명의 손아귀에서 벗어날 수 없을수도 있다는 어떤 불길한 예감이 들 정도.

'적은 아니라서 다행이긴 한데…….'

딱히 아군이라고 해서 좋은 것도 아니긴 했다.

기본적으로 남을 휘두르는 것에 익숙해서, 자기 뜻대로 사람을 휘둘러 놓고는, 항의하면 '다 자네를 위해서 그런 것인데 뭔가 문제라도 있는가?'라는 속 터지는 화법을 구사하곤 했다.

"끄응."

"너무 그렇게 상심하지 말게. 자네 덕분에 무림맹이 빠르게 힘을 모을 수 있었으니까. 사도련주의 미친 야망도 빠르게 간파할 수 있었고."

"으음."

손광심도 어느 정도 이야기를 전해 들어 알고 있었다.

오대거마 중 혈마가 어느 순간부터 자취를 감췄다는 말은 익히 들어 알고 있었지만, 설마 사도련에 붙잡혀 영약 제조기 신세가 되었을 줄이야.

그리고 그 영약 제조기에 이용되는 것은 다름 아닌 사람이었다.

'인신공양과 다를 바가 없는 일이다. 그런 자를 무너트릴 수 있다면…… 향후 내 직위는 공고해질 것이다.'

손광심에게는 야심이 있었다.

무림맹을 완전히 뒤바꾸려는 야심이.

그러기 위해서는 무림맹주의 권한이 강할 필요가 있었다. 그리고 그 권한을 강화하기 위해서는 자신의 능력을 입증하는 것이 필요했던 것이다.

손광심의 눈에 애정이 담뿍 묻어 나오자 제갈현몽은 매우 부담스러운 표정을 지었다.

'나를 이용해서 뭔가 더 뜯어낼 것이 없는지 훑어보는 눈빛이다.'

강렬한 불길함에 제갈현몽은 두 손을 모았다.

"그러면 저는 이만 들어가 보도록 하겠습니다. 그동안 이런저런 일들이 많아서 몸이 피곤하군요."

생각보다 무림맹이 빨리 결집하고 있다고 했다.

하지만 그렇다고 해도 전 무림에서 모이는 일이었다. 아직 진정한 의미에서 정사대전이 발발하기 전까지는 여유가 있는 편이었다.

군사부에 소속되어 있긴 했어도 굴러 들어온 돌인 제갈현몽은 굳이 거기에 열정적으로 참가할 생각이 없었다.

때문에 자신이 필요해지기 전까지는 오래간만에 푹 쉴 예정이었다.

"음, 그전에 잠깐만."

손광심이 다시 한 서찰을 꺼내어 제갈현몽에게 건넸다. 그것을 받아 든 제갈현몽이 손광심을 잠시 바라보았다.

"……뭡니까, 이게?"

"음. 일전에 자네가 무림맹에 온 이유 중 하나가 바로 자네가 쓰는 술법을 전 무림에 인정받기 위해서도 있지 않나?"

"아, 그랬지요."

제갈현몽은 고개를 끄덕였다.

지금은 그냥 너무 급박해서 마구 쓰고 있어서 그냥 넘어가고 있었지만, 본래 술법 같은 것은 무조건 사술로 취급되는 편이었다.

이상한 일은 아니었다.

본래 그러한 사술을 쓰는 것은 십중팔구 마인들이었으니까.

"지금 자네의 활약 덕분에 그 인식이 많이 흐려지기는 했지만, 그래도 많은 사람들이 자네를 의심하고 있지. 일각에서는 자네가 마인이 아니냐는 말도 나오고 있어."

"으음, 그건 곤란하긴 하군요."

제갈현몽은 펄쩍 뛰지 않았다.

요새 좀 어울려 다니느라 인식이 좀 개선되기는 했지만, 그래도 제갈현몽이 보기에는 무림인들은 기본적으로 좀 자신만의 세계가 강한 편이었다.

무공이 아닌 것은 모두 사술. '사술 쓰니 너 마두!'라는 신묘한 논리는 논리와 이해로는 해결할 수 없는 커다란 장벽에 가까웠다.

그래도 요즘은 좀 나아지고 있었다.

제갈현몽과 독심서생의 활약에 의해 '술법이 다 같은 사술은 아닌가?'하는 인식이 조금씩 생겨나고 있었다.

무당파와 소림사에서 제갈현몽의 제안에 긍정적인 반응을 보인 것도 그 일환이었다.

물론 무당의 백견과 소림의 일각이 제갈현몽에게 호의적인 것도 한몫했다.

"그러던 와중에 등천각에서 자네에게 한 가지 제안을 보내 왔네. 자네를 특별 강사로 초빙하고 싶다고 말이지."

"강사 말입니까?"

"그래. 등천각에 대해서는 알고 있나?"

"대강은 알고 있습니다. 무림의 후기지수들을 양성하기 위한 무림맹의 교육 기관 아닙니까?"

당화령과 사마린, 제갈준, 팽악 등이 몇 년 전에 졸업한 곳이 등천각.

바로 무림의 후기지수들을 고수로 양성하기 위한 기관이었다.

진정한 무림의 고수로 거듭나게 하기 위해 뛰어난 역량을 가진 후기지수들을 한데 모아, 서로 절차탁마하게 하도록 하는!

"하지만, 저를 특별 강사로 말입니까? 그렇군요. 마인들의 사술에 대처하게 하기 위해서입니까?"

"아니. 자네 주변 사람들 때문일세."

"……그게 무슨 말입니까?"

"자네 주변에 있는 사람들의 무위가 다들 비약적으로 높아지지 않았나? 게다가 무공의 개량도 해 준다는 말이 파다해. 사천당가의 무공이 진일보했다는 건 이제 더 이상 비밀도 아니야. 당가 가주 또한 깨달음의 연원을 짚어 보면 자네라고 시인하더군."

"아니! 그건 또 무슨 소리입니까?"

제갈현몽은 괴이한 표정을 지었다.

하지만 손광심의 설명을 듣고는 피상적으로 상황을 이해할 수 있었다.

저번 사천당가 방문이 문제였다.

서열전에서 당화령이 제갈현몽에게 배운 수법을 사용해 내기 운용의 새로운 길을 제시했다.

이전의 독은 그저 하독하는 것이 전부였다. 하지만 당화령은 내기의 운용을 통해 독기를 통제하는 것으로 독공의 새로운 갈래를 제시한 것이다.

사천당가에서는 그것을 연구했다. 삼시세끼 독만 먹고도 살아갈 수 있는 곳답게, 연구의 진전은 눈이 부시도록 빨랐다.

그 와중에 실전된 당가의 비전의 복원에도 가능성이 열

렸다.

 반대도 있었지만 당진천은 받아들였다.

 그리고 암야창도 있었다. 저번에 제갈현몽은 암기에 내공이 흐를 수 있는 길, 일종의 술식의 도안을 제공해 준 적이 있었는데…….

 아무튼 최종적으로 당진천은 그것을 또다시 받아들이고, 그 결과 큰 깨달음을 얻고 말았던 것이다.

 "그 결과 사천당가는 큰 발전을 이룩하였을 뿐만 아니라, 자네에 대해 절대적인 신뢰와 지지를 보내게 되었다네. 이번에 사천무림의 결성에 가장 열성적으로 움직인 것도 사천당가라고 하더군."

 별로 알고 싶지 않은 소식에 제갈현몽은 입을 다물었다.

 "그건 제가 아니라 당 가주님이 열심히 하신 결과인 것이."

 "그렇지. 하지만 근원은 자네 아닌가?"

 "끄응, 하지만."

 "그리고 본 무림맹의 감찰사 천여향도 자신이 초절정에 오를 수 있었던 이유가 자네 덕분이라고 공공연히 말하고 다니고."

 "……."

 "사마군도 자네와 함께 대법을 펼치다가 초절정의 오르게 되었다고…… 자네 변명 안 하나?"

"혹시 변명하면 들어주십니까?"

"물론. 들어는 주지."

믿어 주지 않겠다는 말이었다.

무림맹주에 오를 만큼 강력하기 짝이 없는 노회한 심계에 제갈현몽은 한숨을 쉬며 말했다.

"그럼 안 하겠습니다."

"과연…… 그러면 그러도록 하게. 아무튼 생각은 해 보게나. 자네는 별로 내키지 않는 것 같지만 등천각에 가면 꽤 이득이 있다네."

"이득 말입니까?"

"그래. 등천각에서는 한 번씩 자네 같은 특별 강사를 초빙하네. 그리고 그 특별 강사를 위해 특별히 마련된 예비비를 지급하지. 특별 강의의 만족도에 따라 그 지분은 더더욱 올라가고."

"그렇습니까?"

손광심이 미소를 빛냈다.

"자네, 우습게 보는 건 아니겠지? 구파의 제자와 무림에서 가장 돈 많은 세가들이 매년 적지 않은 돈을 등천각에 투자하네. 그리고 그 그 투자금의 일부가 예비비로 들어가. 참고로 그 금액이…… 대강 이 정도라네."

손광심이 유려한 솜씨로 허공에 글씨를 쓰자 용케 알아본 제갈현몽의 눈이 커졌다.

촤악!

"호, 호오! 흐음! 그렇습니까."

흑우선을 펼쳐 자신의 얼굴을 감추고 제갈현몽이 여상하게 중얼거렸다.

안 그래도 돈이 좀 필요했다.

새로운 물주 소무결은 사도련의 일 때문에 끈 떨어진 연이 되어 버렸다.

사마린을 도운 대가는 지금 사천에 지어지는 자신의 마탑으로 갈음되고 있었다.

물론 이제 제갈현몽은 돈이 없지 않다.

아버지의 빚은 사마세가에서 갚아 주기도 했고.

나름대로 부자라고 할 수 있었다.

하지만······.

'그만큼 내 씀씀이도 크게 늘어나 버리고 말았다.'

사람이라는 것은 적응의 동물이다.

없을 때는 잡곡밥에 한 가지 찬으로만으로도 허기를 해결할 수 있지만, 여유로울 때는 구첩반상을 차려 먹어도 아쉬운 것이 사람.

제갈현몽도 마찬가지였다. 빈궁할 때에는 없는 지식 있는 지식 죄다 긁어모아서 어찌어찌 마법을 연구했지만, 돈이 좀 들어오고 나자 쓸 수 있는 비싼 재료와 희귀한 약재, 도구 등을 이용하고도 부족함을 느꼈다.

이러다가 나중에 제갈세가의 위대하고 가난한 술종 선조들처럼 '일단 빌려 주십시오. 따면 갚겠습니다'를 시전할 수도 있는 것이다.

"끄응, 끄응."

"두 번째로는 술법의 인식을 크게 바꿀 수 있다는 것일세."

"그건 어째서입니까?"

"교육 기관이지 않은가. 보통 교육 기관은 진보적이기 어렵지. 당장 등천각에서는 사술쟁이를 어떻게 상대해야 하는가를 다룬 과목도 다섯 종류를 넘어간다네."

"그런 곳으로 저를 보내신다는 겁니까?"

"자네의 술법은 사술이 아니지 않나?"

"하지만 대부분의 무림인들은 술법을 사술로 보고 있지 않습니까?"

"그러니까 자네가 가서 그 인식을 바꾸란 말일세."

한 차례의 설전(舌戰) 끝에 제갈현몽은 인정하지 않을 수 없었다.

교묘하게 빠져나가면서 끝까지 자신의 주장을 관철하는 것이 과연 보통 솜씨가 아니었다.

"……무림맹주님께서는 무림맹의 고착된 구조를 깨트리고 싶어하셨지요. 저를 보내는 것도 그럼……."

"아니라고는 말하지 않겠네. 하지만 노부가 그리는 그

림이 자네에게도 딱히 손해는 아닐 텐데?"

"음. 그러면 마지막은?"

"자네, 은근히 무공을 견식하는 것에 흥미가 많다 들었는데? 생각해 보게. 등천각에는 온 무림의 정예한 후기지수들이 들어오네. 그런 그들이 어떤 무공을 펼치는지 견식할 수 있는 좋은 기회 아닌가?"

"그렇군요."

손광심의 말과 달리 제갈현몽은 그다지 끌리지 않았다.

무림인도 아닌 그가 무공을 많이 견식해 봐야 뭐 하겠는가.

물론 무공의 무리에는 조금 흥미가 있기는 했지만, 다른 두 이유와는 달리 엄청나게 끌리는 이야기가 아니었……

찌리릿.

찌리릿.

찌릿찌릿찌릿찌릿.

"……"

어디선가 느껴지는 강렬한 열망에 제갈현몽은 입을 다물었다.

천이통을 각성했어도 알렌의 깨달음은 언어화되어 들리지 않았다. 하지만 이번 만큼은 알렌이 어떤 의사를 보내 오고 있는지 언어화시킬 수 있을 것 같았다.

—가고싶다가고싶다가고싶다가고싶다가자가자가자!

그 순간 제갈현몽은 한 가지를 깨닫고는 한숨을 내쉬었다.

이건 갈 수밖에 없겠구나!

'안 그래도 누군가를 가르치는 것에는 무척 자신이 있다.'

제갈척을 보면 잘 알 수 있는 일이었다.

누가 봐도 훌륭하게 성장하지 않았던가!

거기에 더해 공식적으로 밝힐 수 없지만 소무결의 경우도 있었다.

뇌왕진회공을 잘 익힐 수 있도록 제갈현몽이 성심성의껏 보살펴 주지 않았나!

'하지만 귀찮고 싶지는 않다.'

등천각에서 이런저런 문제가 터질 것 같다는 것은 분명했다.

보수적인 집단이라지 않은가.

혈기 넘치는 후기지수뿐만 아니라 같은 강사와도 마찰이 생길 것은 뻔한 일이었다.

"그래서 말인데, 조건이 있습니다. 제가 특별 강사로 부임하는 데 다른 강사들의 견제나 수작질이 있다면 막아 주시지요. 쓸데없는 내기나 시비를 걸면 감봉, 혹은 퇴출 같은 조건이 있으면 되겠습니다. 생도들도 마찬가지입니다. 함부로 제게 도전하거나 불의의 습격 등을 하지 않도록 최소 절정고수들을 붙여 주십시오. 그리고 제가 강의를 하는 동안 전적으로 제게 통제권이 있어야 하며…….”

강사로 들어가기도 전에 일어날 법한 일을 모조리 미연에 차단해 버리는 제갈현몽의 조건에 손광심은 고개를 끄덕일 수밖에 없었다.

* * *

“그렇게 돼서, 등천각에 가기로 했습니다.”
“정말 갑작스럽군요.”
사마린은 제갈현몽이 정말 신기했다.
“혹시 제갈씨들은 쉰다는 개념이 뭔지 잘 모르나요?”
“그렇게 말씀하시면 제가 좀 억울하지 않겠습니까.”
제갈현몽은 침울한 표정을 지었다.

자신이 가고 싶어서 가는 것도 아니고, 외압에 의해 이렇게 끌려 나가는 건데, 제갈씨는 일하는 것을 좋아한다는 말을 들으면 억울할 수밖에 없었다.

“그래서 저희한테는 그 얘기를 왜?”
“등천각에 대해서 궁금한 것도 있고, 여러모로 협조를 부탁드리고 싶어서 왔습니다.”
“협조?”
“예. 등천각이라고 하면 각파의 뛰어난 후기지수와 혈

기 넘치는 사람이 모이는 곳 아닙니까. 그런 곳에 제가 가면 어떻게 되겠습니까?"

"어떻게 되긴요. 그야 잘……."

"참고로 사마 소저와의 첫 만남이 생각나는군요. 명백히 저를 수상한 사기꾼으로 보고 내기를 걸고 뭔가 꼬투리를 잡아 깎아내리려고 하던……."

사마린의 얼굴이 붉어졌다.

"그 이야기를 꼭 지금 해야겠어요? 그때는 몸이 별로 안 좋아서 신경이 예민했다고요."

"그때는?"

그렇다는 것은 지금은 안 그렇다는 말인가?

제갈현몽은 그런 생각을 했지만 뒷말까지 입에 담지는 않았다.

세상에는 해도 좋은 말과 하면 안 되는 말이 있었다.

방금 전 제갈현몽이 삼킨 말이 바로 후자였는데, 그런 말을 내뱉게 되면 자신의 몸에 화가 닥치게 되는 것이다.

"그런 거라면 굳이 우리가 안 가도 괜찮지 않나? 제갈이도 예전과 다르게 명성이 있잖아?"

"나이가 비슷하지 않습니까."

"음."

무림인들이란 기본적으로 혈기가 넘치는 존재들이다.

안 그래도 약관, 방년의 무인들이란 가만히 있어도 절

로 피가 끓는 나이대다.

 그런 사람인데 하루도 빠짐없이 수련을 하고, 삼시세끼 좋은 것만 먹고, 정해진 시간표 안에서 생활하다 보면 응축되고 응축된 혈기가 마치 화약처럼 변해 버리는 것이다.

 뭐 하나 마음에 안 드는 것이 있으면 펑 하고 터져 버릴 수 있었다.

 "그런 상황에서 나이도 비슷한데 이상한 허명까지 가득한 제가 오면, 당연히 한번 찔러 보고 싶지 않겠습니까? 그리고 저는 연약한 서생이라 찔리면 죽을 수도 있습니다."

 제갈현몽은 당당하게 말했지만 어쩐지 내용은 다소 비루하기 짝이 없었다.

 "너는 진짜 안 변하냐, 왜."

 "꼭 변할 필요는 없지 않습니까. 그래서 도우러 올 겁니까, 안 도우러 올 겁니까?"

 "뭐 상관없지. 그래서 대가는?"

 "……저 돈 없습니다."

 요즘 들어 자금난이 조금 해소되기는 했지만 기본적으로 제갈현몽은 돈이 나갈 구석이 많은 사람이었다.

 그쪽부터 철저하게 차단하는 모습에 당화령이 어처구니없어했다.

 "나, 사천제일세가의 금지옥엽, 저기 중원에서 다섯손

가락에 들어가는 명문세가의 고명딸. 그런 우리들이 네게 돈을 달라고 하겠어?"

"혹시 모르지 않습니까. 당곤 어르신은 세가의 어르신인데 도박 빚이 좀 있다고 들었습니다."

"화령아. 포기해. 제갈씨 놈들은 말로는 절대 지려고 하지 않는 녀석들이니까."

핏줄에서부터 전해져 내려오는, 일종의 본능 같은 것이었다.

"알겠다. 아무튼 빚이야 빚. 나중에 뭐 부탁하면 들어줘야 해."

"알겠습니다."

"아무튼 등천각이지?"

등천각은 무림맹 직속 후기지수 양성기관이다.

각파의 수련이 있고, 무공 유출이 빈번한데 후기지수들을 모아 두는 이유가 있었다.

일단 무림맹의 본래 역할은 시시때때로 나타나는 마인들을 상대하는 것이다. 그리고 마인들은 저마다 다른 마공을 구사하고는 하는데, 그에 따라 대처법도 여러 가지일 수밖에 없는 것이다.

이런 건 무공의 고하와는 상관없는 것이라, 경험과 지식 둘 중 하나라도 없으면 애써 키운 인재들이 쉽게 죽어 나가기도 한다.

다른 하나는 무림맹의 결속을 위해서였다.

무림이라고 하지만 좀 넓은가.

같은 구파라고 해도 곤륜파와 소림사의 거리를 생각하면 이름 한 줄로 공동체 의식을 갖는 것은 무리가 있는 이야기였다.

그러나 교육기관을 만들어 두어 어릴 때부터 교분을 만들어 두면 좋든 싫든 교류가 생길 수밖에 없었고, 무슨 일이 생길 때 협력할 수 있는 여지도 만들 수 있었다.

"물론 아주 폐단이 없는 건 아니에요."

"무림맹의 계층화와 구파 및 세가의 결속 말입니까? 거기에 더해 한층 더 보수적으로 변할 수밖에 없겠군요."

"화령아, 아혈."

제갈현봉의 입이 봉해지자, 사마린이 설명을 이어 나갔다.

"무림 전체를 위한 후기지수 양성기관이라고는 하지만 입관이 가능한 사람들은 거진 대다수가 검증된 사람 밖에는 없어요. 구파와 세가의 인원들이지요. 그리고 아무러 서로 교분을 나누기 위한다고 해도 출신에 따라 파벌이 나뉠 수밖에 없고요."

그러다 보니 은근히 암투가 일어나기도 하고, 누가 더 뛰어나니 마니 하면서 싸우기도 하고…… 그 과중에 출신을 따져서 계급을 나누기도 하고.

게다가 각파에서는 각기 왕처럼 군림하던 자들이다. 성격이 바르고 올곧은 자들도 있었지만, 기본적으로 제 잘난 줄만 아는 놈들만 모여 있는 곳이 바로 등천각이었다.

하물며 교두조차도 자신의 기준에 차지 않으면 비웃으면서 수업을 우습게 보기 일쑤니, 매년마다 버티지 못하고 자리를 박차고 나가는 이가 적지 않았다.

"그러다 보니 등천각에서는 점점 교육이 보수적으로 변해 갈 수밖에 없었어요. 일단 학생들부터가 자신과는 다른 것을 받아들이지 못하니 더더욱."

이야기를 하던 도중에 사마린의 뇌리에 어떤 생각이 스쳐 지나갔다.

'원래 등천각이 이렇게 폐단이 심했나?'

자신이 등천각에 속해 있을 때는 잘 몰랐는데, 나와서 한 발짝 멀어진 상태에서 보니 등천각이라는 교육 기관이 삐걱거리는 것이 느껴졌다.

그리고 제갈현몽도 비슷한 생각을 하고 있었다.

'그런 곳에 나를 보내려고 한 건가?'

분명히 무림맹이 제대로 정사대전을 준비하기까지 시간이 좀 걸리니, 쉴 겸해서 슬슬 특별 강사로 다녀오라는 거 아니었던가?

'가만 생각해 보면 맹주님의 목표는 무림맹의 개혁이었다.'

무림맹을 개혁시키기 위해서 뭐든 하고자 하는 사람 아니었던가.

 그리고 무림맹의 개혁을 위해서는 새로운 물결이 필요했다.

 장강후전랑추전랑이라는 말이 있다. 장강의 뒷물결이 앞물결을 밀어낸다는 뜻이다.

 장강의 뒷물결이 누구인가? 각파의 미래를 책임질 후기지수다.

 그런 후기지수들이 모여든 곳에 제갈현몽을 보낸다?

 의도가 너무 선명하지 않은가.

 '맹주께서는 나를 이용해 등천각을 개혁하려고 하는 것이다. 음, 그래도 특별 강사면 얼마 하지도 못할 텐데 그게 가능한가?'

 말 그대로 특별 강사이니만큼 시간을 오래 둘 수는 없을 텐데…….

 그 시간 동안 개혁을 이루라는 건 말도 안 되는 일이다.

 그런 생각이 들었던 제갈현몽은 고개를 흔들었다.

 자신이 보기에는 말도 안 되는 일이었지만, 대저 무림인들이란 양심을 탈착할 수 있는 특별한 재주를 가지고 있었다.

 그런 사람들의 수괴인 무림맹주 손광심의 양심을 떼었다 붙여 놓는 솜씨가 얼마나 신묘할지는 보지 않아도 알 수 있었다.

'그럼 어떻게 해야…… 아니, 굳이 맹주님의 숨은 진의까지 파악해서 해소해 줄 필요는 없다.'

무언가가 번뜩이는 감각이 들었다.

'그래, 굳이 고난을 자처할 필요가 어디 있겠는가?'

그러나 돈은 받고 싶다.

그리고 알렌의 소원도 들어 주고 싶다.

마지막으로 그러는 가운데 자신은 편했으면 좋겠다.

이 모든 것을 해결할 수 있는 방법이 하나 있었다.

"후후, 후후후, 후후후후후후."

생각에 빠진 제갈현몽이 저도 모르게 익숙한 독심서생의 웃음소리를 내뱉기 시작했다.

"……제갈이가 저렇게 웃는 거 처음 보는데. 안 그래, 언니?"

"음? 나는 듣기 좋은데?"

"아."

당화령은 고개를 끄덕였다.

최근에 갑자기 유순해졌다는 평판을 받고 있지만 본래 사마린은 혜설독화(慧舌毒花)라는 별호를 가지고 있을 정도로 독설에는 일가견이 있는 사람인 것이다.

"후후후후, 후후후후."

"호호, 호호호호."

"……슬슬 제갈이 아혈 풀어 줘도 돼?"

* * *

"듣자 하니 그 무후재림이라는 사람이 등천각의 특별 강사로 온다고 하더군."

등천각.

후기지수들의 모인 용봉지회에서 내뱉은 남궁천(南宮天)의 말에 반응이 있었다.

"무후재림이라면…… 최근에 이름을 날리고 있는 수상한 사술쟁이 말하는 건가?"

"제갈씨라는데, 혹시 제갈세가의 일원인가?"

"아니라는 것 같던데."

"아쉽군. 이번 기수 용봉지회에는 제갈세가가 없으니 물어볼 기회가 없어."

"방계에게라도 물어보면 되지 않은가?"

"흥, 방계가 알면 얼마나 알겠는가."

그런 오만한 웃음이 흘러나왔지만 누구도 그것을 제지하지 않았다.

등천각의 생도를 대표하는 것이 바로 용봉들이었다.

안 그래도 혈기가 넘치는 나이에 생도들의 위에 군림할 수 있는 감투까지 씌워 준 셈이니 눈에 뵈는 것이 없는 것도 당연한 일이었다.

"그래, 무후재림이라. 정보가 없나? 여기저기 많이 돌아다녔다고 하던데. 뭐 절벽을 일검에 무너트리고 일갈 한 번에 마인의 피를 토하게 했다지? 아예 장강에서는 숫제 바람을 불러와 사도련의 배를 전부 태워 버렸다고 하지 않은가."

"하하하. 누가 그런 허무맹랑한 소리를 믿는단 말인가. 아무튼, 아무나 없나?"

"저기, 얼마전에 다녀와서 사저에게 이야기를 들은 바가 있었는데……."

그때 한 사람이 조심스럽게 손을 들었다.

"소문과 다르게 아주 나쁜 악적이라고 했어요. 함부로 사람의 별호를 막 바꿔 부르고 하기 싫은 걸 막 시킨다고……."

"호오? 그렇군. 참고로 그 사저는 누구지?"

"연화검 나유란이라고……."

"연화검? 연화검…… 아, 항마보살!"

말을 꺼낸 아미파의 제자가 눈을 질끈 감았다.

지금 이 자리에 없었지만, 만약 본인이 들었다면 바로 화를 내는 모습이 눈에 선했기 때문이었다.

"최근에 사천에서 협명을 떨치고 있다는 항마보살 선배가 그런 말을 했다니!"

"항마보살이 아니라."

"용서할 수 없는 일이네요. 듣자 하니 섭혼술을 사용한다는 말이 있던데…… 과연 항마보살 나 선배 다워요. 그런 자의 진면목을 꿰뚫어 보다니!"

"연화검……."

"역시 사천의 별로 떠오르는 항마보살 선배다워. 그분의 항마음 한 번에 마인들이 피를 토해 낸다지?"

본인이 들었다면 검을 빼 들면서 분기탱천할 소리였다.

말을 꺼낸 아미파의 제자도 못 들은 것으로 하기로 했다. 자면서 잠꼬대로 '내 별호는 항마보살이 아니라 연화검이야…… 연화검이라고!' 하는 나유란의 모습이 가슴 아팠기 때문이었다.

후배들이 연화검은 알아듣지 못하고 항마보살을 연호하는 모습을 보면 칩거할 가능성도 있었다.

"또 뭔가 없나? 무후재림이라는 자에 대한 소문이."

"나 하나 있어."

손을 빼꼼하게 든 것은 등에 커다란 대도를 짊어지고 있는 어린 소녀였다.

"팽 소저. 어떤 말이오?"

"우리 오라버니가 그러던데, 정신 못 차리면 이상한 걸 시키니 만나면 조심해야 한다고."

"아앗!"

수상쩍은 말에 여기저기서 탄성이 쏟아졌다.

이상한 것이라니 뭐가 이상한 것이란 말인가?

물론 그 이상한 일이라는 것은 난데없이 미친 소(목우유마)와 싸우게 하거나 힘 쓰는 일에는 무조건 팽악을 부른다거나 하는 것이었지만 이야기를 전달해 주는 팽린도 그것까지는 몰랐다.

그저 사악한 뭔가겠거니 했을 뿐이다.

"으음, 듣자 하니 보통 사람은 아니군. 사실 나도 형님에게 이야기를 전해 듣기로, 겉으로는 겸손한 사람으로 보이나 기실 엄청난 야심을 가진 사람이라고 하더군."

남궁천이 그리 쐐기를 박자 이 자리에서 무후재림의 인상이 완전히 확정되고 말았다.

제갈현몽이 이 자리에 있었다면 즉시 각혈할 일이었다.

하지만 가만 따져 보면 사실 딱히 틀린 말도 아니었으니 이것 또한 제갈현몽의 업보라 할 수 있었다.

만약 이 자리에 제갈현몽이 있었더라면 어떻게 구슬렸을지도 모른다.

하지만 이 자리에 제갈현몽은 없었다.

"그런 자가 등천각의 특별 강사로 온단 말인가?"

"수상해, 믿을 수 없어요."

"오히려 이해가 되는군. 무후재림의 명성이 너무 뛰어나기에 의심스러웠는데, 그런 사이한 자라면 갖은 속임수와 요설로 그러한 평판을 스스로 만들었을 수도 있지 않은가? 생각해 보게. 우리와 나이 차이도 얼마 나지 않는다고 알고 있는데, 그만한 업적을 이루는 것이 어디 쉬운 일이냔 말일세."

"으음."

다들 고개를 끄덕이기 시작했다.

아닌 게 아니라 그들이 제갈현몽을 폄훼하는 이유 중 하나는 바로 나이에 있었다.

자신보다 연배가 한참 떨어진 자가 뛰어난 성과를 거두면 고개를 끄덕이며 인정해 줄 수 있다.

하지만 자신과 별 차이도 나지 않는데 따라갈 수 없을 정도로 뛰어난 업적을 선보이게 되면 이야기는 다르다.

평범한 사람들은 차라리 순수하게 감탄하고 말 것이다.

하지만 후기지수들이 누군가. 어쨌든 자신의 분야에서는 한 번쯤 뛰어나다는 소리를 들은 자들이다.

그런 사람들에게 제갈현몽의 업적과 명성은 어쩐지 자신의 것을 빼앗아 간 것처럼 느껴지기도 했다.

"그런 자들이 등천각의 특별 강사라니, 말도 안 되는 일이지. 애초에 그자가 우리들에게 어떤 교훈이나 가르침을 내려 줄 수 있단 말인가?"

"천, 그렇다면 해당 특별 강사의 강의는 아무도 듣지 않도록 할까?"

남궁천은 고개를 흔들었다.

"그건 좋은 생각이 아니야. 오히려 실기하는 일 같군. 그자가 스스로 범의 아가리 속으로 들어왔는데 그냥 내보낼 수 없는 일 아닌가?"

"그렇다면?"

"이번 기회에 철저하게 그 제갈현몽이라는 자를 파헤쳐야겠지. 모두가 그자의 강의를 수강해서, 하나부터 열까지 철저하게 실체를 드러내게 하는 것일세."

"등천각에서 특별히 초청한, 특별 강사를 아주 제대로 망신을 주자는 것이로군."

"망신이 아닐세. 정체가 수상쩍은 사람의 실체를 완전히 파헤쳐 무림에 알리는 것이니 이는 곧 무림의 정기를 바로 세우는 일이야. 이 일로 사람들이 허무맹랑한 것을 멀리하게 된다면 그게 어찌 협이 아니겠나!"

그렇지 않아도 그들은 근질거리고 있었다.

그런 그들에게 '무림의 정기를 바로 세우자'라는 등의 명분이 주어지게 되자 더 이상 그들을 막을 수 있는 것은 없는 것이나 다름이 없었다.

'그래, 그 무후재림이라는 자의 실체를 폭로할 수 있다면 그보다 더 좋은 일은 없을 것이다.'

'어쩌면 그 일로 인해 우리의 명성이 더 오를 수도 있어.'

그런 공명심과 어우러지자 반쯤은 주전부리 농담거리로만 들었던 것이 점점 다르게 느껴졌다.

"……그런데 그자가 무슨 강의를 한다던가요?"

"음, 듣자 하니 등천각에서 좀 떨어진 곳에 구교사가 있는데 그곳에서 강의를 진행한다고 하더군. 듣자 하니 난제(難題)를 낸다고 하던데."

"난제라…… 후후, 진짜 제갈씨도 아닌 자가 제갈세가의 흉내를 내는 건가?"

제갈세가에 대해 조금 알고 있는 사람들이 비웃음을 토해 내었다.

제갈세가의 사람들이 뭔가 어려운 문제를 내고 사람들을 골탕 먹이는 것은 제법 알려져 있는 일이었다.

특별 강사로 와서 고작 하는 일이 머리를 쓰는 일이라니, 후기지수들은 코웃음을 쳤다.

후기지수들쯤 되면 단순히 무공만 뛰어난 것이 아니라 학문에도 어느 정도 조예가 있는 것이다.

"아무튼 혹시 모르니 서책이라도 한 번 더 읽고 준비를 해 둬야겠군."

"오히려 그자가 모를 법한 지식을 알려 줘야겠어."

그렇게 결심을 한 자들이 하나둘씩 흩어지는 사이 팽린이 고개를 갸웃했다.

'난제가 그런 건가?'

그런 거라면 팽린은 관심을 끊었을 것이다.

다른 사람과 달리 특별 강사를 골리는 것에 별다른 흥

미도 없었고, 학문은 쥐약이었으니까.

'하지만 오라버니에게서 들은 바는 전혀 다른 것이었는데?'

팽악은 이래저래 제갈씨가 내놓은 난제 같은 것을 마주한 일종의 숙련자였다.

그런 만큼 제갈씨가 난제랍시고 내놓는 것들이 어떤 것인지 아주 잘 알고 있기에, 동생에게 나름대로 경고를 남겨 둔 것이다.

'가능하면 얽히지 말라고 하셨지.'

본래 사람은 하지 말라면 더 하고 싶어지는 습성이 있다.

도병을 만지작거리던 팽린은 고개를 끄덕였다.

한번 찍어 먹어 보기로. 쓸데없는 공자왈 맹자왈이면 도망치면 그만 아니겠는가.

* * *

그로부터 한 달 후.

등천각의 방에 한 개의 문이 붙었다.

[특별 강의 안내]

-무후재림 제갈현몽의 특별 강의가 보름 동안 펼쳐질 예정입니다.

-본 강의는 위험할 수 있습니다.

-본 강의는 강의 중 본인의 심마와 마주할 수 있습니다.
-본 강의는 생각지도 못한 시련을 마주할 수 있습니다.
-식량과 식수를 챙기는 것을 권장합니다.
…….
-본 강의는 강의실까지 무사히 도착하는 것까지 강의에 포함하는 것으로 칩니다.
- 위치 : 등천각 구교사 인근.

후기지수들의 마음에 불을 지르는 강의 내용이었다.

강의 내용에 갖은 위협이 적혀 있었지만, 그것을 본 후기지수들은 굴하기는커녕 오히려 도전심을 불태우기 시작했다.

도리어 관심이 없던 사람들조차 코웃음을 치고는 얼마나 대단하기에 저런 문구를 써 놓았는지 궁금해하는 사람들도 있었다.

그리고 강의가 시작되자, 등천각의 생도들이 하나둘씩 무후재림의 강의장으로 발걸음을 옮기기 시작했다.

제갈현풍의 강의실은 숲속에 있는 등천각의 구교사에 있었다.

지금의 등천각이 제대로 된 부지에 으리으리한 도시처럼 세워진 것과 달리, 과거엔 심산유곡이라고는 할 수 없지만 깊은 숲속 남들의 눈에 잘 띄지 않는 곳에 세워져 있었다.

그 등천각으로 가기 위해서는 이제는 거의 지워져 가는 숲길을 통과해야만 했는데, 그 길의 진입로에 두 사람이 문지기처럼 서 있었다.

"아, 선배님들 아니십니까!"

"오라버니!"

그 문지기는 다름 아닌 이전 기수 등천각 졸업생, 제갈준과 팽악이었다.

팽악은 사람들이 우르르 등장한 것을 보더니 한숨을 내쉬었다.

"오래간만이군. 무후재림의 특별 강의에 도전하러 왔는가?"

"저, 선배님. 도전이라고 말씀하셨습니까?"

"정확히 그리 말했다. 어설픈 마음가짐으로 들어섰다가는 큰 곤욕을 치를 수도 있네."

팽악의 말에 후기지수들의 표정이 묘해졌다.

다른 사람도 아니고 팽악이 그런 말을 하니까 조금 마음에 걸리는 것이 있었던 것이다.

"하하, 선배님. 과장이 심하시군요. 특별 강의에서 설마 그런 불미스러운 일이 생기겠습니까?"

"생길 수도 있지. 그래서 미리 무후재림이 수결을 받아 내라고 하더군."

"수결?"

팽악이 건넨 것을 보니 일종의 서약서가 있었다.

안에 일어난 일에 대해서 책임을 지지 않으며 안에서의 지시를 거부할 시 어떤 일이 일어나도 본인 책임이라는 내용의 서약서였다.

"……내가 보니 강의 계획서를 그다지 귀담아 보지 않은 것 같은데."

팽악이 보니 식량과 식수를 챙긴 사람은 거의 없었다. 그나마 한두 사람쯤?

딱 한 사람만 거대한 봇짐을 짊어지고 있었는데…….

"린아. 너도 이 강의를 들으려고 하는 것이냐?"

"오라버니. 제갈 오라버니도 안녕하세요."

거대한 대도와 봇짐을 들고 팽린이 꾸벅 인사를 하자 제갈준이 손을 흔들어 주었다.

"오래간만이구나 린아. 특별 강의에 도전할 생각이니?"

"예. 재밌어 보이네요."

"다시 생각해 보는 것이…… 아니다."

팽악은 말을 하려다가 고개를 흔들었다.

팽악은 자신의 동생에 대해 잘 알았다. 어설프게 경고해 봤자 더욱 좋아라 하면서 들어갈 것이 뻔했다.

서로 간의 괜히 시간 낭비를 할 필요가 없지 않은가.

팽린이 서약서에 자신의 이름을 남기고 등천각으로 향하는 길에 홀로 접어들었다.

스으윽.

팽란의 모습이 자연스레 사라졌다.

숲에는 안개가 잔뜩 끼어 있었다. 평범한 안개였지만 순간 사람들의 눈에는 그 안개가 팽린을 집어삼키는 것처럼 보였다.

"……."

몇몇이 수상쩍은 분위기에 다소 주춤하기 시작했다.

뭔가 돌아가는 꼴이 좀 이상하지 않은가.

"특별 강의는 보름 동안 열리니, 준비가 되지 않았다면 돌아갔다가 다시 참가해도 좋다."

"으음. 어떻게 할까, 천?"

"후."

남궁천은 비식 웃음을 지었다. 그러고는 두 사람을 향해 포권을 했다.

"선배님들, 배려는 감사합니다만 저희는 바로 들어가 보도록 하겠습니다. 이후로도 할 일정이 많으니 지체할 시간이 없군요. 저희를 들여보내 주시겠습니까?"

"서약서만 쓰고 나면."

남궁천은 망설이지 않고 서약에 서명을 했다. 그러고는 다른 용봉들을 향해 말했다.

"너무 그렇게 꺼림칙해할 필요 없네. 생각과는 조금 다르지만 우리들이 모두 함께 들어간다면 저 안에 어떤 시련이 있다 하더라도 어찌 이겨 낼 수 없겠는가?"

"……음, 그렇군. 나도 함께 가지."

"나도 가겠어요."

그리하여 남궁천을 필두로 다시 뭉치기 시작하자, 수결을 마친 서약서가 함에 쌓이기 시작했다.

제갈준과 팽악은 고개를 끄덕이고는 이내 천천히 길을 가리켰다.

"특별 강의장은 구교사일세. 다만 명심하게. 강의장에 도착하는 것까지 강의의 일부이니."

"알겠습니다. 조언 감사합니다."

남궁천은 다시 예의 바르게 포권을 했다.

물론 생각은 달랐다.

'제갈준과 팽악. 듣자 하니 무후재림에 포섭된 선배들이라고 하던가.'

애초에 선배라고는 하지만 남궁천은 그들보다 자신이 더 뛰어나다고 여기고 있었기에 그들의 조언을 귓등으로도 받아들이지 않고 있었다.

도리어 더 흥미진진했다.

최악의 경우, 따분하고 지루한 설전을 벌일 생각을 하고 있었는데 그런 것보다 훨씬 낫지 않은가.

사아아아아아.

'그나저나…… 안개가 심하군.'

처음에는 잘 몰랐지만 숲에 발을 들여놓자 은근히 서늘한 느낌의 안개가 그들을 둘러싸고 있었다.

처음에는 이 정도가 아니었던 것 같은데, 내공을 써서 안력을 돋구지 않으면 주변이 잘 보이지 않을 정도였다.

"평범한 안개가 아닌 것 같군. 특수한 사술인 듯하네. 모두, 내공을 끌어올리고 서로 목소리가 닿을 수 있게 뭉쳐서 움직이세나."

하지만 절정의 고수인 남궁천에게는 그저 어설픈 수작에 불과했다.

아무리 안개로 감싼다고 해도 고작 그것만으로 자신의 발걸음을 막을 수 있다고 생각하지 않……

"무우우?"

"……소?"

문득 안개 속에서 두 개의 불덩어리 같은 귀화가 타오른다 싶더니, 무언가가 안개 속에서 모습을 드러냈다.

그건 소였다.

아니, 정확히는 소의 모습을 하고 있는 기물이었다.

한가지 다른 점이 있다면, 누가 봐도 살아 있는 소가 아님에도 불구하고 마치 살아 있는 것처럼 움직이고 있었던 것이다.

남궁천이 보고 있을 때 소도 남궁천을 보았다. 그리하여 소에 내장된 술식이 발동되었다.

목우유마의 두 눈이 붉게 타올랐다.
"음무우우우우!"
"어딜!"
남궁천이 바로 검기를 피워 올리면서 목우유마를 향해 검을 베어 나갔다. 조금 놀라긴 했지만 충분히 대처할 수 있는…….
콰득.
검기를 머금은 남궁천의 검이 목우유마의 목덜미에 덜컥 멈춰 세워졌다.
문제가 있다면, 정작 목우유마는 전혀 멈추지 않았다는 것이다.
"무우우!"
목우유마가 거칠게 몸을 흔들자 목덜미에 꽂혔던 검과 함께 남궁천의 신형이 빠르게 안개 낀 숲속으로 사라져 갔다.
용봉지회주, 특별 강의를 시작한 지 일다경도 지나지 않아서 실종.

* * *

남궁천이 쏜살같이 사라지는 모습을 본 사람들의 반응은 중구난방이었다.

쫓아가야 한다는 사람.

또 무슨 일이 일어날지 모르니 주의해야 한다는 사람.

뭔가 불안하니 지금이라도 돌아가야 한다는 사람까지.

"에이, 정신이 없군. 모두 진정하시오! 이렇게 우리들끼리 떠들고 있어 봐야 아무런 도움도 안 되오."

"하지만 회주님이 납치당했는데 어떻게 가만히 있으란 말이죠?"

"그러니까 그럴 때일수록 지금은 진정하고…… 그나저나 왜 구교사에 저런 미친 소가 있단 말인가? 이건 등천각과 무후재림에게 단단히 따져야……."

―흑흑흑…….

"울 정도는 아니지 않소, 울 정도는!"

종남파의 명허가 약간 짜증 섞인 노호성을 토하자 후기지수들이 다들 어리둥절한 표정을 지었다.

아무리 갑작스러운 일이 일어났다고 해도 명색이 후기지수인지라 이런 일로 울음을 터트리는 사람은 없다.

―흑흑흑…… 원통…… 원통하도다…….

하지만 울음소리는 들려왔다.

그것도 소름 끼치는 울음소리였다.

"누구냐! 모습을 드러내라!"

그와 동시에 정말로 그것이 모습을 드러냈다. 눈과 입에서 피를 철철 흘리면서 허공을 부유하고 있었다.

"귀, 귀신……!"

―호호호호호호!

후기지수들의 얼굴이 새파래지는 사이, 기회를 잡았다는 듯 귀신이 후기지수들을 향해 날아들었다.

"어딜!"

촤악!

명허가 종남의 유운검법을 펼쳤다.

도가 출신답게 그의 내공에는 파사현정의 기운이 흐르고 있었다.

그것이 귀신을 좌우로 갈라 냈고…….

갈라진 귀신이 그대로 명허를 덮쳤다.

"으윽!?"

동시에 드는 오한.

명허는 삽시간에 몸을 떨더니 풀썩 주저앉아 버렸고, 그제야 하나둘씩 상황 파악이 되기 시작했다.

"귀, 귀신이다!"

"꺄아악!"

그렇지 않아도 혼란하던 찰나였다. 겨우 수습하려는 찰나에 수습에 나선 사람이 삽시간에 당해 버리는 것을 본 후기지수들의 뇌리에 위기감이 경종을 울렸다.

"이, 일단 돌아갑니다! 명허, 괜찮나!"

"보, 본도는. 으윽. 왜 이렇게 추운 거지?"

"남궁천! 회주는!"

"지금 찾으러 갈 수가 없지 않은가! 일단 이 자리에서 빠져나갔다가, 다시 찾으러 오는 수밖에!"

쓰러진 명허를 챙긴 후기지수들이 서둘러 왔던 길을 되돌아가려 하기 시작했다.

하지만 난관이 있었다.

"이 길이 아닌가……?"

어느새 숲은 안개로 휘감겨 있었고, 분명 길은 한 갈래였을 텐데 어디로 가야 할지 보이지 않았다.

용봉지회, 전원 조난.

* * *

그 광경을 지켜본 제갈현몽이 고개를 끄덕였다.

"음, 잘되고 있군요."

"잘되고 있는 거 맞나."

당화령은 조금 떨떠름한 표정이었다.

제갈현몽을 통해 자기 후배들이 삽시간에 조난당하는 모습을 보면, 아무리 그래도 선배로서 마음이 복잡해질 수밖에 없다.

이곳은 숲속에 위치한 구교사.

제갈현몽은 과거 자신의 집에서 앉은 채로 사람들의 동

태를 지켜보았던 것처럼, 후기지수들의 모습을 비추고 있었다.

덕분에 이 자리에 있는 당화령과 사마린도 볼 수 있었고.

"그나저나 한심하네요. 아무리 그래도 그렇지. 귀신을 봤다고 저렇게 화들짝 놀라서 흩어지다니."

"아. 사실 화령도……."

"제갈아? 혹시 더 숨을 쉬고 싶지 않은 것이니?"

"숨을 쉬고 싶습니다."

"좋아."

당화령이 고개를 끄덕이자 제갈현몽은 자연스럽게 이야기의 화제를 돌렸다.

"아무튼 의도한 것이기는 합니다. 이렇게 혼란한 상황에서 어떻게 대처하는지 보고 싶었으니까요. 만약 조금만 더 관찰하거나 침착하게 대응했으면 제 귀신이 가진 한기의 총량이 많지 않음을 알 수 있었을 것이고, 계속 장력 같은 것으로 쳐내거나 열양지력으로 대응했으면 금방 소멸할 것임을 알아차릴 수 있었을 겁니다."

그러면서 제갈현몽은 무언가를 열심히 붓으로 적었다.

"뭐 적어?"

"아, 위급한 상황일 때 후기지수들이 뭐라고 외쳤는지 적고 있습니다. 여기 모용 공자께서는 가장 먼저 '알 거 없고 빨리 여기에서 도망치자고! 우리가 죽게 생겼는데 무슨 소용이야!'라고 하시는군요."

유려한 필체로 사락사락 적어 가는 제갈현몽의 모습에 당화령은 진심으로 두려운 표정을 지었다.

체면과 명예를 중시하는 후기지수들이다.

그런 그들에게 이런 대화록은 존재 자체만으로도 치명적인 것이었다.

"너 그러다 진짜 칼 맞는다."

"제가 가지고 있을 것이 아닙니다. 등천각의 교두들과 공유할 생각입니다."

이것이 있다면 아무리 콧대 높은 후기지수들도 함부로 교두들을 대하지 못할 것이리라.

제갈현몽은 고개를 끄덕이면서 후기지수들의 상황을 살폈다.

한차례 혼란을 겪은 후기지수들은 자연스럽게 헤메고 사분오열하면서 숲 여기저기로 퍼져 나가기 시작했고.

얼마 지나지 않아, 제갈현몽이 준비한 각종 함정에 시달리기 시작했다.

'꽤 유용하군.'

함정이나 술법의 대부분은 제갈세가의 금족지에서 가져온 것이다.

특히 목우유마는 이전에 부서졌던 것을 어떻게 고쳐 놓은 것으로, 금족지에서보다야 효력이 덜하긴 하지만 그래도 후기지수들을 상대하기에는 충분했다.
 뿐이랴.
 제갈유에게서 배운 만향진에 금족지 한가운데에 있던 마라심절진(魔羅心折陣)을 이곳 구교사 주변에 펼쳐 두기까지 한 것이다.
 '진짜 이래도 되나?'
 그 광경을 지켜보고 있던 당화령은 다시금 그런 생각이 들었다.
 이건 특별 강의라고 하기에는 좀 그렇지 않나?
 "괜찮네! 과연 무후재림이로구나. 노부로서는 상상도 못할 발상이네."
 "예, 각주님. 마음에 드십니까?"
 "물론! 노부가 예상했던 것보다 훨씬 마음에 드네."
 등천각주, 철권 진철진은 진심으로 그렇게 생각하고 있었다.
 그는 후기지수들이 절진과 함정에 시달리는 것을 보면서 탄식했다.
 "아이고, 평소에는 잘난 척을 다 하더니만 조금만 상황이 급변해도 대처가 안 되는군. 이럴 때일수록 마음을 가라앉히고 안력을 집중하면 될 터인데. 당황해서 내공을 마구 쓰는구먼. 저러면 나중을 기약할 수 없지."
 '약간 즐기는 거 아닌가?'

제갈현몽은 그리 생각했지만 아무 말도 하지 않았다.

대충 이야기를 나눠 보니 진철진이 그동안 상당히 많은 고생을 했던 것을 알 수 있었기 때문이다.

"그나저나 정말 좋은 방법일세. 이렇게 실전에 가깝게 생도들의 의표를 찌를 수 있다니. 혹시 특별 강사가 아니라, 아예 등천각의 교두로 취임을……."

"그건 쉽지 않을 것 같습니다. 사천에 돌아가 봐야 하니……."

"그건 아쉽군. 자네와 함께 등천각을 바꾸고 싶었건만."

진철진은 그렇게 말하면서 당화령과 사마린을 바라보았다.

그 시선을 눈치챈 두 사람은 슬쩍 시선을 피했다.

아닌 게 아니라 등천각의 생도였을 때 당화령은 규칙 파괴자였으며 사마린은 저들 후기지수들보다 더 오만하면 오만했지 덜하지 않았던 것이다.

그리고 진철진은 그녀들이 부끄러워하는 모습을 보고 감동한 듯했다.

"아깝군, 아까워! 자네야말로 등천각에 필요한 인재이거늘!"

"과찬이십니다."

'음, 이 정도면 되겠지.'

아무래도 제갈현몽의 말이 잘 통한 모양이었다.

가볍게 등천각주를 구워삶은 제갈현몽은 다시 환몽진에 집중했다. 여기저기 심어 둔 부적을 통해 후기지수들이 어떻게 지내는지 파악할 수 있었다.

 들어올 때 한 뭉텅이였던 후기지수들은 이제 뿔뿔이 흩어져, 저마다 살아남기 위해서 애쓰고 있었다.

 '그래도 아직 멀쩡하군.'

 불안해하고 있기는 하지만, 그래도 다들 무공을 익힌 자들이다.

 어떻게든 버티고는 있었다.

 하지만 그래서는 곤란하지 않은가.

 제갈현몽은 이번 특별 강의를 준비하면서 한 가지 가진 생각이 있었다.

 '일단 마주칠 일을 줄인다.'

 등천각의 생도들은 듣는 것만으로도 질릴 정도의 사람 아닌가.

 그런 사람과 굳이 마주하고 싶은 생각은 없었다.

 고로 아예 마주칠 일을 만들지 않는다!

 제갈현몽이 지금까지 익히고 배워 온 절진과 제갈세가의 금족지, 만박자의 기관진식 등등을 모조리 투입해서 아예 강의가 이루어질 중앙 구교사까지 오는 길을 철저하게 막아 버리는 것이다.

 마찬가지로 빠져나갈 수도 없다.

섣불리 나가면 쓸데없는 소문이 돌 것이고, 그러면 아무도 제갈현몽의 특강에 참가하지 않으려 할 것 아닌가.

 강의에 참가한 후기지수들이 많으면 많을수록 수당을 많이 받을 수 있으니 그건 곤란했다.

 '귀찮고 싶지는 않지만 돈은 벌고 싶다.'

 그리하여 만들어진 무림인용 개미지옥이 바로 이것이었다.

 만약 이 일로 항의를 하게 된다면 '수업장에 오는 것부터가 수업입니다'라면서 우기고 볼 생각이었다.

 당하고 있는 후기지수들이야 어처구니없어하겠지만 등천각주는 마음에 들어 하니 된 것 아니겠는가.

 '하지만 잘 적응하고 있군.'

 목우유마를 좀 풀어 두고 환술과 진법 등으로 막아 두고 있지만 후기지수들은 슬슬 적응해 나가고 있었다.

 배가 고픈지 이래저래 먹을 것을 찾아다니거나, 이 와중에서도 포기하지 않고 빠져나갈 길을 찾고 있는 모습이 보였다.

 그것만으로도 가혹한 환경이었지만, 제갈현몽은 한 수를 더 준비하고 있었다.

 밤이 되었습니다.

 도적은 고개를 들어 주세요.

* * *

"후우…… 어처구니가 없군."

남궁천은 어처구니가 없으면 웃음이 나온다는 것을 처음 알았다.

그제야 깨달을 수 있었다.

자신들이 함정에 빠졌다는 것을 말이다. 수상쩍은 안개와 향, 그리고 기관들과 떠돌아다니는 귀신, 눈에서 귀화를 내뿜고 있는 목우(木牛)…….

'처음부터 이걸 노린 건가?'

그렇지 않아도 무후재림을 수상하게 여기고는 있었다.

하지만 지금 점점 그 수상함은 도를 더해 가고 있었다.

'어쩌면 무후재림은 오늘을 위해서 본색을 감추고 있었을 수도 있다.'

자신들이 누구인가?

장차 무림을 이끌어 나갈 후기지수.

만약 그런 후기지수들을 한 곳에 끌어모아 일망타진할 수 있다면 적들에게는 이보다 더 좋은 일이 없었다.

무후재림이 바로 그걸 노리고 지금까지 명성을 쌓아 온 것일지도 몰랐다.

앞뒤가 맞았다.

한 사람에게 쌓이기에는 지나칠 정도로 과도한 허명 아

니던가?

하지만 그것도 조직적으로 만들어졌다고 하면 이해가 갔다.

'어디지? 사도련? 아니면 마인들? 아니. 황궁일 수도 있다. 황궁은 항상 무림을 견제하려 하고 있으니.'

물론 말도 안 되는 소리였다. 그래 봐야 고작 후기지수인 그들을 노리려고 이런 거창한 일을 벌일 단체가 어디 있겠는가?

꼬르르르륵!

뱃가죽 소리에 생각이 끊겼다. 남궁천은 쓴웃음을 지었다.

'혹시 몰라 건량을 챙겨 오길 잘했군.'

끼니를 때울 생각으로 가져온 것은 아니고 간식거리 삼아 들고 온 것이었는데 이렇게 요긴하게 쓰일 줄이야.

남궁천은 피식 웃으면서 건량을 꺼내 들었다가…… 문득 인기척을 느끼고는 목소리를 높였다.

"모습을 드러내라!"

"후후, 애송이가 제법 감이 좋구나!"

어둠 속에서 무언가가 움직였다.

'곰?'

남궁천이 순간 그리 착각하는 것도 무리가 아니었다.

일단 체구가 거대했다.

50장. 교두가 되었다 〈213〉

그리고 가죽으로 만든 옷을 입고 있으니, 생긴 게 영락없는 곰이나 마찬가지였다.

다만 곰과 다른 점은 양손에 크고 두꺼운 철부를 들고 있다는 것이었다.

뭔가 나타날 줄은 알았지만 생각보다 더 의외의 존재에 남궁천의 뇌리가 표백되어 가기 시작했다.

"누, 누구냐?! 정체를 밝혀라!"

"나? 내가 누구냐고? 보고도 모르겠냐?"

사내가 비웃음을 날렸다.

누가 봐도 한눈에 알 수 있는 생김새 아닌가.

보고도 모른다면 그 사람의 눈은 옹이구멍이나 다름없었다.

"산적이잖아."

물론 남궁천 또한 한눈에 봐도 사내가 산적임을 알았다.

아마 세상 어디에 갖다 놔도 그자가 산적임을 알 것이다.

'하지만 여기는 등천각이잖아……!'

대체 왜 여기에 산적이 나온단 말인가?

"산적이 있으면 뭐가 이상하냐?"

"당연히 이상하지. 등천각 한가운데에 산적이 있으면 안 되니…… 그렇군. 그대가 거력패부 마진광 선배인가?"

"말이 짧구나. 애송이가."

마진광이 비웃음을 토해 내었다.

"대남궁세가의 후계자로서 어찌 산적을 자칭하는 자에게 존대를 쓸 수 있단 말이오?"

"그도 그런가? 아무튼 그렇게 됐으니 내놔라."

"무엇을?"

"네가 방금 그러지 않았느냐. 산적이라고. 산적이 보통 뭘 하지?"

"……약탈을 하지."

"잘 아는군. 내놔라."

"그러니까 무엇을 말이오?"

"선택지를 주지."

마진광이 흉흉하게 웃으면서 말했다.

"차고 있는 검을 건네주거나, 아니면 지금 막 먹으려던 건량을 주거나. 선택해라!"

"……."

남궁천은 이를 악물었다.

검가인 남궁세가다. 검을 넘겨준다는 것은 불가능한 일이다.

하지만 그렇다고 건량을 넘겨주기에는 배가 너무 고프다.

남궁천이 검을 뽑아 들었다.

"건량과 검 모두 내놓지 않겠다는 선택지를 고르지."

"……그러냐? 그럼 죽어라."

마진광이 사납게 웃었다.

맹렬하게 회전하는 전부가 자신에게 짓쳐들어오는 것을 보며 남궁천은 당당하게 맞서 나갔고.

잠시 후.

"……."

"그럼 건량도 검도 가져가겠다."

남궁천은 마진광에게 탈탈 털렸다.

남궁천은 드러누운 채로 하늘을 바라보았다.

하늘은 무척이나 티 없고 맑았다.

* * *

비슷한 일들이 이곳저곳에서 일어나고 있었다.

"감히! 내가 누군지 아느냐! 본 공자는 대모용세가의……."

"그럼 너는 내가 누군지 아냐?"

"……누구시오? 설마 산적?"

"아깝군. 나는 수적(水敵)이다. 가진 거 다 내놔."

모용세가의 공자는 쓰러져 가면서도 의문을 감출 수 없었다.

'수적이 왜 등천각에 있어……!'

아무튼 산도적과 물도적, 두 사람이 어두운 등천각을

돌아다니면서 이래저래 약탈을 하기 시작했다.

그리고 슬슬 됐다 싶을 즈음에 등천각의 구교사로 돌아왔다.

"고생하셨습니다."

맞이한 것은 제갈현몽이었다. 그러자 마진광과 종패가 서로 봇짐을 쿵쿵 내려놓았다.

"이것도 제법 힘들군."

"마가 놈아, 너는 항상 하던 짓 아니냐."

"그러는 너도 제법 많이 능숙해진 것 같은데. 알뜰살뜰하게 챙긴 것 봐라. 아주 수적으로 전향한 거냐?"

"무슨 소리냐. 우리 수로맹은 양민은 안 털어. 같은 수적을 털지."

"흥. 뭐 아무튼 재미있는 경험이었다. 등천각의 애송이 놈들이라고 했던가?"

마진광이 피식 웃음을 지었다.

무공 수위는 높았지만 대부분 반쪽짜리나 다름없었다.

"그래도 제법 괜찮은 놈도 있긴 했는데…… 아직 덜 갈렸어."

"쭉정이만 찾아다녔으니까 그렇지. 팽가의 아이는 제법 독기도 있고 기지가 있어서 훌륭하더군."

"오, 어디 있는데? 내일은 나도 그쪽으로 가 봐야겠다."

두 도적이 그렇게 직업적인 이야기를 나누는 사이, 제

갈현몽은 자신의 머릿속에서 보았던 것을 정리하기 시작했다.

괜히 마진광과 종패로 하여금 도적질을 하게 한 것이 아니다. 그렇게 싸우게 함으로써 제갈현몽은 안전한 자리에서 앉은 채로 여러 무공들을 견식하며 알렌을 만족시킬 수 있었던 것이다.

'아무리 생각해도 좋은 방법이다.'

앞으로 남은 시간, 십사일.

과연 저들 후기지수들은 십사 일 동안 여기에 당도할 수 있을 것인가?

* * *

사흘이 지났다.

"이대로는 안 되겠군."

등천각 구교사 숲속.

한 무리의 거지 떼가 있었다.

다만, 거지 치고는 조금 복장이 다양했다. 도복을 입은 거지, 학창의를 입은 거지, 궁장을 입은 거지, 비단옷을 입은 거지……

사실 거지가 아니라 등천각의 후기지수들이었다.

"어떻게든 살아남아야 하오. 살아남아서 이 사태를 외

부에 알려야 하오."

"하지만 어떻게? 보니 이 주변은 안개로 휘감긴 데다가, 발길을 내디딜 때마다 길이 바뀌어서 탈출로를 찾기 어렵소."

"내공을 끌어올려 안력을 키우면 그나마 이질점을 발견하기 쉽더군. 일단 여러 명이 나뉘어서 정보를 확보할 수밖에."

"배가 고파."

"……아무나 식량 가진 것 없소?"

"없고, 어차피 있었어도 소용없지 않나. 어차피 두 미친 도적들이 나타나서 약탈해 갈 것인데……."

"야생 동물이 좀 돌아다니는 걸 발견했는데……."

"병장기도 다 빼앗기지 않았나. 그리고 누구 요리할 줄 아는 사람?"

후기지수들의 표정이 점차 썩어 들어가기 시작했다.

그들이 무슨 잘못을 했다고 하는 것인가.

그저 등천각에 새로운 특별 강사가 나타났다기에, 시간도 때울 겸사겸사 무후재림의 허명을 까발려 주고 무림의 정의를 바로 세우고 싶었을 뿐인데!

그때였다.

쿵!

갑자기 무거운 것이 지면에 떨어졌다.

후기지수들이 깜짝 놀라 보니 상거지 한 명이 사슴을 내려놓고 있었다

"누구냐!"

"천이오."

"천…… 설마, 남궁천? 죽은 게 아니었나?"

"안 죽었소."

남궁천은 그렇게 말하면서 씁쓸하게 웃음 지었다.

어쩐지 아무도 찾으러 오지 않는다 싶었더니 벌써 죽은 사람 취급이다.

평소에는 그리 친하게 지냈어도 강호의 인심이란 이런 것이다.

어쩐지 현실을 조금 깨달은 남궁천은 고개를 흔들어 사념을 지워 냈다.

지금은 그런 것을 생각할 때가 아니었다.

"자, 사슴을 잡아 왔네. 일단 이걸로 허기를 좀 채우지."

"사, 사슴을 말인가? 자네 어떻게 잡았는가? 검은……."

"하나 주웠지."

남궁천은 그렇게 말하며 딱 좋은 굵기의 멋드러지게 생긴 나무 봉을 들어 보았다.

누가 남궁검(劍)가 아니랄까 봐 주워든 나무 봉조차도 제법 그럴싸하게 생긴 멋지고 단단해 보이는 것이었다.

그래도…….

"평범한 나무 봉 아닌가. 하지만 저 사슴의 상처는……."

"내가 검사이니, 손에 들린 것이 검이든 봉이든 무슨 상관이란 말인가. 검기를 잘 조절하니 어찌 되더군."

말은 쉬웠지만, 고난의 여정이기는 했다.

뭐에 잘못 찍혔는지 매일 밤마다 도적들이 번갈아 가면서 습격해 왔다.

하루는 뺏어 갈 것이 아무것도 없는데 습격해 온 적도 있었다.

살아남기 위해서는 정말 뭐라도 해야 했다.

"천…… 자네!"

"해후는 나중에 하지. 협력하지 않겠는가? 밤이 되면 또 그 괴인들이 습격해 올 걸세. 일단 이 사슴으로 배를 채우고 습격을 대비하세나. 불침번도 세우고."

남궁천의 말에 후기지수들이 고개를 끄덕였다.

그러나 남궁천에게 다가오는 것은 용봉지회 소속의 후기지수밖에 없었다. 다른 무리들은 어쩐지 우물쭈물거리면서 다가오려 하지 않자 남궁천이 그들을 발견하고 외쳤다.

"자네들도 여기 오게! 다 같이 먹고 대비해야지!"

"천, 저들은 용봉지회가 아닐세."

"알고 있어. 하지만 지금 그게 중요한가?"

사흘 동안, 남궁천은 이 숲속에서 떠돌고 깨지면서 그

50장. 교두가 되었다 〈221〉

동안 자신이 가져 왔던 것이 모조리 무너지는 것을 깨달았다.

귀한 집 도련님으로 대접받고 있었던 사실은 온데간데없이, 아무런 준비도 없이 야생의 한가운데(아니다)에 집어던져진 것이다.

심지어 첫날에는 검까지 빼앗겼다.

그리고 손 하나 까딱할 힘 없이 멍하니 하늘을 바라보고 있다가 불현듯 깨달음을 얻었다.

"그때 생각했지. 아, 가문이나 사문 없이 나 개인이라는 것은 보잘것없는 존재일 수도 있겠구나 하고 말일세."

"……."

"결국 사문이고 뭐고 허울에 불과한 것 아니겠는가. 이런 상황에서 출신이 목숨을 보장해 주지 않아. 가문이나 사문도 그러할진대 등천각의 용봉지회고 아니고가 뭐가 중요하겠는가."

"천, 자네……."

갑자기 현기가 느껴지는 남궁천의 말에 사람들이 당황했다.

본래 남궁천만큼 출신을 따지는 사람이 드물었다.

아무리 무공이나 인품이 뛰어나도 남궁천의 허가 없이는 용봉지회에 참여할 수 없을 정도였다.

그런 사람이 사흘만에 완전 바뀌어 나타났으니 당황스

러울 법도 했다.

"어느 순간 생각이 들었다네. 어쩌면 무후재림께서는 우리의 이런 마음을 꿰뚫어 보고 이러한 시련을 준비한 것일지도 모른다고."

"무슨 그런 소리를! 무후재림이 이 함정에 우리들을 죽으라고 밀어 넣은 것 아니겠나!"

"그래서 죽었나? 나타난 도적들이 우리들의 목숨을 빼앗았나? 아니면 숲속에 있는 함정에 죽거나 치명상을 입은 사람들이 있나?"

"……."

"바로 동의해 주지 않아도 상관없네. 하지만 그런 식의 생각도 해 볼 만하지 않은가. 실제로 그런 식으로 생각하고 나더니, 족쇄가 풀리는 느낌이 들면서 한 걸음 나아갈 수가 있었어. 그동안 오랫동안 절정 초기에서 벗어나지 못했는데 말이야."

남궁천은 그리 말하더니 이내 열심히 나무를 비비기 시작했다.

모용 공자는 그것을 보고는 금세 그 의도를 깨달았다. 모용세가의 하인이 화섭자가 없어서 하루는 저런 식으로 나무를 비벼 불씨를 만드는 모습을 본 적이 있었다.

남궁세가의 소가주가 할 법한 행동이 아니었다.

하지만 스스로는 전혀 개의치 않아 하고 있었다. 그러

자 오히려 검사가 칼을 가는 것처럼 숭고한 행위처럼 보였다.

남궁천의 그런 모습에 멀뚱하게 지켜보고 있던 후기지수들이 하나둘씩 엉덩이를 들었다.

"나는 물을 좀 찾아오겠네. 식수로 쓸 만한 샘이 있었을 거야."

"저도 뭐 먹을 게 없는지 찾아보고 올게요. 혹시 거기, 먹을 수 있는 것을 구분할 수 있는 사람 있어요? 저랑 같이 가서 같이 알아봐요."

결국 우여곡절이 있기는 하지만, 어떻게든 불을 피운 후기지수들은 피도 제대로 빼지 못해서 누린내가 나고 어딘 타고 어딘 덜 익은 사슴 고기를 먹으면서도 티 없는 웃음을 지었더랬다.

그날 밤.

모처럼 배가 부르고 여유가 생긴 상황에서, 불침번을 서고 있던 남궁천의 곁에 후기지수들이 다가왔다.

"일전에 했던 말 말일세. 무후재림이 어쩌면 우리들을 깨우치기 위해서 이런 시련을 내렸을지도 모른다고. 어쩌면 그 말이 맞을지도 모르겠어."

"나도 내 생각이 맞는지는 사실 잘 모르겠네. 하지만 어쨌든 만나 보면 확실해지지 않겠나. 이렇게 된 거, 나는 끝까지 포기하지 않고 이 미로를 돌파해 무후재림 본인을 만나 보고 싶네. 만나서 그분의 진의를 파악해 보고 싶어. 형제, 나와 함께해 주겠나?"

나흘째.

후기지수들이 뭉치기 시작했다.

* * *

"무후재림!"

남궁천의 말을 같이 듣던 등천각주 진철진은 눈물을 흘리며 제갈현몽의 양 어깨를 붙들었다.

"자네야말로 참된 교육자일세! 어떻게 이런 생각을 했단 말인가!"

그토록 오만한 자들이 고작 사흘 만에 개심하다니!

그 누구도 해내지 못한 업적 아닌가!

"과찬이십니다. 저렇게 생각한 것은 어디까지나 남궁 공자의 인품이 훌륭해서 그런 것이지 결코 제가 의도한 바가…… 아픕니다. 아파요."

물론 제갈현몽은 눈곱만큼도 그런 의도가 없었다.

그저 자신은 최대한 후기지수들과 만날 일을 줄이고 싶었을 뿐이었다.

하지만 일련의 사건들은 진철진에게 어떤 영감 비스무리한 것을 부여한 모양이었다.

"결정했네. 저들이 여기까지 당도하면, 이제 등천각은 바뀔 것이야. 들어오고 난 다음에는 본래 신분이 어쨌든 평등하게! 가문의 위광을 벗는다는 의미에서 주어지는 것도 필요 최저한으로, 그 어떤 혜택도 누리지 못하게 할 것일세. 앞으로 등천각은 모든 것이 주어지는 안락한 보금자리가 아니라, 필요한 것은 스스로 쟁취해야 하는 소무림이 될 것이야!"

"오, 음, 어, 아. 굳이 그럴 필요까지는······."

"걱정하지 말게. 이 모든 등천각의 개혁은 오직 자네의 공임을 명시할 것이니 말일세! 내 어찌 자네의 공을 빼앗겠는가!"

"제발 제 공을 뺏어 주시지 않으시겠습니까······?"

등천각 졸업생들에게 칼 맞는 환상이 제갈현몽의 뇌리에 스쳐 지나갔다.

튼튼한 초절정 무인인 진철진은 무사할지 모르지만 연약한 자신은 칼 맞고 버틸 자신이 없었다.

'막아야 한다.'

전에 없던 위기감이 제갈현몽을 습격했다.

제갈현몽의 머리가 빠르게 회전했다.

'어떻게 해야 하지? 이대로 가면 등천각은 지옥이 되고 만다.'

등천각이 지옥이 되든 말든 사실이 없지만 그 지옥에서

배출해 낸 악귀들이 자신을 노린다면 이야기는 달라진다.

"그렇군. 하지만 각주님. 만약 저들이 여기까지 당도하지 못하면 어찌하시겠습니까?"

"음? 당연히 그대로 개혁을 그대로 진행……."

"방금 말씀하시지 않으셨습니까. 이곳에 당도하면 개혁을 하겠다고. 그렇다면 이곳에 당도하지 못하면 개혁도 멈추어야지요. 왜냐하면 제 계획이 불완전하다는 것을 뜻하는 것 아닙니까. 그런 불완전한 계획을 등천각 전체에 적용하는 건 도저히 받아들일 수 없는 일입니다."

"오, 그럼 성공할 때까지 특별 강의를 거듭하는 건 어떤가?"

진철진의 묘책에 제갈현몽은 몸을 부르르 떨었다.

노년에 잠들어 있던 열망에 불이 붙어 버린 초절정 고수를 막기란 쉬운 일이 아니었다.

"아쉽게도 제가 당금 무림맹의 일로 시간이 부족해 그렇게까지는 불가능할 것 같습니다."

진철진은 아쉬운 표정을 지었다.

가슴이 미어지고 단장이 끊어지고 분노에 혈루가 터져 나올 것 같이 아쉬워했다.

"천지불인이로다. 어찌 사도련 이 악적들은 이런 중요한 시기에 발호하였단 말인가!"

"……흠, 너무 탄식하실 필요 없습니다. 제가 남긴 것을 바탕으로 등천각에서 더 좋은 방향으로 개혁을 할 수 있지 않겠습니까? 저보다 훨씬 뛰어난 능력과 경험을 가지고 계실 테니, 등천각의 개혁에 충분히 활용할 수 있을 겁니다."

"으음."

제갈현몽이 노린 바가 바로 이것이었다.

자기가 그대로 만든 채로 들어가지 않고, 등천각의 수정이 가해지게 되면 발뺌할 여지가 생긴 것이다.

나중에 등천각의 후기지수들이 원한을 부르짖어도 '분명 초안을 잡기는 했지만 저는 분명히 말렸고, 또 그것을 실질적으로 구체화시킨 것은 등천각입니다.'라고 말할 수 있는 변명거리가 생기는 것이다.

제갈현몽은 진철진을 그렇게 구워삶고는 마진광과 종패를 획 돌아보며 말했다.

"그렇게 되었습니다. 맹주님, 종패 대협. 절대로 저 등천각의 후기지수들을 이곳에까지 용납하면 안 됩니다. 무슨 수를 써서라도 저들의 진격을 막아 주십시오."

"음. 알겠다! 장자방아, 나와 종패만 믿어라!"

마진광이 가슴을 두들기면서 호언장담하자 종패는 다소 떨떠름한 표정으로 따라 고개를 끄덕이고는 물러났다.

"그나저나 어떻게 하려고?"

"어떻게 하긴 뭘 어떻게 해. 적당히 상대해 주다가 빠져야지."

"……방금 나만 믿으라고 호언장담한 거 아니었나?"

"그렇지. 믿는 거야 장자방, 아차. 장비 자유지."

종패가 그 말을 이해하지 못해 마진광을 잠시 바라보자 마진광이 피식 웃음을 지으며 부연 설명해 주었다.

"나쁜 이야기는 아니지 않은가. 내가 봐도 이건 잘 만들어졌어. 종가 놈아. 너도 애송이들이 성장하는 거 보고 재밌지 않았냐?"

종패는 저도 모르게 고개를 끄덕였다.

맨 처음에는 오합지졸이나 다름없던 후기지수들이었다. 그런 그들이 나중에는 합격진까지 구사하면서 유기적으로 대응하는 것을 보고는 내심 감탄까지 했었더랬다.

쑥쑥 성장해 나가는 것이 보이는데 그런 녀석들을 진심을 내보이면서 막는 건 생각해 보니 미련한 짓이었다.

성장하였으면 저들도 성장했다는 실감을 느끼게 해 주어야지 않겠는가.

종패의 눈이 가늘어졌다.

다 좋은데…….

"네놈 역시 평소에는 일부러 무식한 척을 하는 거 아니냐?"

"크앗핫핫핫핫! 무쓴 그런 섭한 쏘리를!"

마진광이 너털웃음을 터트리면서 종패의 등을 퍽퍽 두

들겼다. 종패는 미간을 찌푸리다가 피식 웃으며 숲 사이로 사라졌다.

* * *

열흘째.
"크 윽 정 파 의 애 송 이 놈 들, 실 력 을 키 웠 구 나 분 하 다. 후 일 을 기 약 하 겠 다!"

마진광이 그런 말을 내뱉으면서 전부를 휘두르면서 후기지수들을 물리쳤다.

승기를 잡아 단숨에 몰아치던 후기지수들은 마진광의 움직임에 다시 뒤로 물러났다. 그러면서도 여전히 병기를 놓치지 않고 있었다.

사실 마진광도 그냥 어설프게 져 준 것은 아니었다. 후기지수들의 수준이 어느 정도에 이르지 못하면 제갈현몽이 말한 대로 할 생각이었다.

하지만 후기지수들은 열심히 했다.

합격진을 구사하고, 함정을 파고, 전술을 사용하고, 돌이나 나뭇가지를 깎아 만든 암기까지 사용했다. 심지어는 즉석에서 독을 조합해서 하독하기도 했다.

손에 들고 있는 것은 검이나 도가 아닌 나뭇가지였다.

하지만 마냥 우습게 보긴 애매했다. 맨 처음에는 제 기세도 이기지 못하고 손에 들린 봉을 부러트리기 일쑤였는데, 이제는 제법 기를 불어넣는 것에도 익숙해져서 나뭇가지임에도 불구하고 제대로 무공을 펼쳐 내는 것에 성공했던 것이다.

그럼에도 불구하고 부러지는 것을 대비해서 아예 나무봉을 들고 있다가 던져 주는 역할까지 있을 정도였다.

"……물러나는 것입니까?"

남궁천의 말에 마진광은 웃음을 지었다.

"흥, 운 이 좋 구 나. 애 송 이 들."

"……혹시 계속 연기하시려는 거면 안 하셔도 됩니다."

남궁천이 묘한 표정을 지었다.

다른 건 둘째치고 마진광이 계속 끊어 말하자 알아듣기 어려웠던 것이다. 그러자 마진광이 너털웃음을 지었다.

"연기라니 그게 무슨 소리냐?"

"……아무것도 아닙니다. 그나저나 패퇴해서 물러나시려는 거 아닙니까?"

"그랬지."

"아, 가시기 전에 강의장으로 가려면 어디로 가야 하는지 알려 주실 수 있겠습니까?"

"크윽, 이 마진광. 입이 찢어져도 이대로 죽 나아가면 나올 거라는 사실은 알려 줄 수 없다!"

마진광의 말에 남궁천이 두 손을 모으면서 포권했다.

맨 처음에 검과 건량을 빼앗아 갈때는 정말 천하의 악적으로 보였지만 시간이 지나 보니 마진광의 노고가 느껴졌다.

몇 번이고 습격하면서도 후기지수들이 다치거나 하지 않도록 섬세하게 힘 조절을 했고, 근처에 동물들을 몰아 주거나 먹을 수 있는 것을 알려 주는 등 자잘한 배려까지 하지 않았는가.

"대협의 가르침에 감사드립니다!"

"감사드립니다!"

마진광도 기껍기는 마찬가지였다.

맨 처음에 자기네 소속 아니라고 하오체를 찍찍 내뱉던 녀석들이 갑자기 예의 바르게 대해 주니 과연 정파 놈들이 허울뿐이라도 예의는 챙길 줄 아는구나 하는 생각이 드는 것이다.

마진광이 사라지자 후기지수들이 그제야 긴장된 한숨을 토해 내었다.

"무, 물리친 건가? 이제 더 습격은 없나?"

"모용 공자. 그런 불길한 말은 하지 않는 게 좋네. 아무튼 이제 끝이라고 해도 좋겠지. 수적에 이어 산적도 무찔렀으니."

"그럼 조금만 더 가면 이제 무후재림을 만날 수 있는 건가?"

무후재림!

그 이름을 담은 후기지수들의 눈빛에 형형한 기운이 감돌았다.

후기지수들은 바보가 아니다.

무후재림이 후기지수 몰살지대계를 꾸미고 있는 사악한 책사가 아님을 알고 있었다.

애초에 그런 계획을 꾸미고 있었다면 그들은 당장 첫날에 떼몰살이었다.

하지만 그건 그거고 이건 이거였다.

곱게 자랐던 그들이 하루아침에 풍찬노숙하면서 험한 꼴을 당하고 굴러야 했다. 악감정이 생기지 않는 것이 이상한 일이었다.

"음. 너무 그러지 않는 게 좋겠군."

"천, 그게 무슨 말인가?"

"아마 내 생각이지만, 무후재림 님…… 아니, 무후재림은 아마 우리들을 성장시키기 위해 이런 극단적인 방법을 사용할 수밖에 없었을 것이다."

남궁천의 친구, 언주헌은 순간 고개를 갸웃했다.

이 녀석 방금 무후재림에게 '님' 자를 붙이지 않았나?

"생각해 보게. 곧 사도련과의 대전이 일어난다는 말이 파다해. 어쩌면 우리들도 동원될 수 있겠지. 만약 우리가 이런 대비 없이 갑자기 비슷한 꼴을 당했다면 어떻게 되었겠는가?"

"……오래 버티지 못했을 거란 말이야?"

어느새 합류한 팽린의 말에 남궁천은 고개를 끄덕였다.

"맞소. 팽 소저. 그런 것을 예측한 무후재림은 그렇게 되길 바라지 않아, 우리들에게 원한을 살 수 있다는 것을 감수하고서라도 이런 일을 벌인 것이라 생각하오. 우리들이 살기 위해서!"

아니다.

제갈현몽은 그저 후기지수들의 성격이 더러우니 가능한 접근시키고 싶지 않았을 뿐이다.

"읍참마속했던 것처럼, 우리들을 일깨우기 위해서 일부러 악역을 자처했다는 말이야?"

투덜쟁이 모용수 공자의 말에 남궁천은 고개를 끄덕였다.

"어디까지나 본인 생각이지만, 그렇소."

"으음."

사실 남궁천의 말에는 설득력이 있었다.

후기지수들 가운데에서는 고개를 끄덕이는 사람도 제법 있었다. 이 상황에 적응해 무공의 경지가 상승한 자들이 주로 그러했다.

언주헌도 그중 하나였지만, 묘한 눈빛으로 남궁천을 바라보았다.

'너무 감화된 거 아닌가……?'

검의 명가라는 말에 어울리지 않게, 은근히 남궁세가에서는 다른 사람들에게 감화되는 일이 많지 않은가.

당장 멀리 가지 않아도 남궁천 이전에 소가주였던 남궁천의 형, 남궁명 또한 소가주직을 잘 하고 있다가 어느 순간 무림맹주에게 감화되어 수족처럼 움직이고 있었다.

"천, 자네……."

"음, 무슨 말을 하고 싶은지 알고 있네. 어쩌면 단순히 우리들과 만나기 싫어서 이러고 있을지도 모르지."

자기도 모르게 정답을 말한 남궁천은 고개를 끄덕였다.

"아무튼 곧 만나게 될 터이니, 그때 보고 판단하면 되겠지. 기대가 되지 않나, 헌?"

"……뭐, 조금은."

언주헌은 남궁천의 티 없이 맑아진 눈을 보았다.

원래 남궁천은 남궁세가의 후계자가 아니었다. 그저 평범한 직계였을 뿐이었다.

그러던 것이 하루아침에 남궁명이 소가주직을 내려놓게 되면서, 온 가족의 기대가 남궁천에게 쏠렸다.

그리고 남궁천은 그런 가족의 기대에 부응하기 위해 말 그대로 전심전력을 다해야만 했다.

'네가 이제 소가주가 되었으니, 너는 형보다 뛰어나야 한다.'

'대남궁세가의 소가주이다. 용봉지회에 들어갈 뿐만 아니라 회주가 되도록 해라. 네 형은 그리했었다.'

'절정에 이르렀다고? 대연검법의 성취가 구 성이라. 네 형은 네 나이때 벌써 절정 중기였다. 좀 더 분발하도록 해라.'

등천각에서 만난 남궁천의 모습은 과거와는 완전히 달라져 있었다.

차갑고 냉철했으며, 오직 형을 뛰어넘기 위해서만 살아가는 사람 같았다.

어린 시절부터 친구였던 언주헌이었지만, 약간 거리감을 느낄 정도로.

하지만 지금의 남궁천은 예전에 알고 지내던 친구의 모습이었다.

'그래, 뭐 어떤가.'

무후재림이 어떤 사람인지는 아직 모르겠지만, 친구인 남궁천을 이리 바꾸었다면 그냥 자기도 한번 믿어 볼 만하지 않은가.

"같이 가세, 천!"

* * *

여기 한 남자가 있었다.

"저는 이제 다른 사람을 믿을 수 없을 것 같습니다."

"크 윽. 정 파 의 애 송 이 놈 들 의 성 장 이 너 무 예 상 밖 이 었 다."

"제발 그 투는 그만둬 주시면 안 되겠습니까? 아무튼 왜 그러셨습니까?"

"응? 아까 말했잖아. 놈들이 성장이 보통이 아니더라고. 그런 녀석들을 막으려면 죽이거나 불구로 만드는 수밖에 없는데, 그 정도까지는 바라지 않았을 것 아니냐?"

평소 논리적이지 않던 사람이 논리적을 말을 내뱉자 제갈현몽은 대처하기 어려웠다.

게다가 너무나도 정론이었기에 반박하기가 어려웠다.

"크, 크윽. 그건 그렇습니다만. 알겠습니다. 하는 수 없었겠군요."

제갈현몽은 고개를 끄덕이면서, 자신의 원한 수첩에 마진광의 이름을 올렸다.

이 빚을 반드시 기억해 두었다가 언제고 되갚아 주리라……!

겸사겸사 마진광과 동조한 종패의 이름도 후순위로 올린 제갈현몽은 추하게도 아직 포기하지 않았다.

"후후, 하지만 아직 끝나지 않았습니다. 아직 마라심절진이 남아 있습니다! 저들은 절대 이 절진을 통과하지 못하겠지요."

"……그거 제갈세가에 있던 사람의 마음에 심마를 불러일으키는 그거 아닌가?"

"예. 좀 약화는 시키긴 했지만 핵심 술식은 그대로입니다. 주화입마를 당하는 일은 없겠지만 당분간은 헤어 나오지 못할 겁니다. 후후, 후후후후."

제갈현몽이 다시 웃음을 토하자 당화령과 사마린은 서로 눈빛을 교환했다.

'슬슬 후배들 맞이할 준비를 할까?'

'그러는 게 좋을 듯.'

* * *

그것은 장절한 모험이었다.

갑작스레(아니다) 야생지에 던져져 온갖 험난한 고난을 겪은 끝에, 강적들을 물리치고 난 뒤에 후기지수들은 마침내 사악한 사술쟁이가 기거하는 구교사를 목전에 담을 수 있었던 것이다.

"길고긴 여정이었군."

남궁천의 말에 후기지수들이 고개를 끄덕이거나, 미소를 지었다.

얼마 전까지는 평범하게 잘나고 오만한 등천각의 후기지수였지만, 지금은 실전을 거친 역전의 무사나 다름없었다.

"자 갑시다 형제들이여! 우리의 적이 바로 저기에 있소!"

동서고금을 통틀어 내부를 결속하는 방법이 있으니, 그건 바로 외부의 적을 만드는 것이었다.

일단 모임의 주축부터가 제갈현몽을 징치하기 위해 모인 용봉지회의 사람들이었고, 그에 대해서 별다른 생각이 없던 후기지수들도 자연스럽게 동화했다.

열흘간 풍찬노숙하면서 숲속을 떠돌고 있다 보면 자연스레 무후재림에 대한 증오심이 끓어오르는 것이다.

―흑흑흑…….

"귀신이군. 모두 파형진을 펼치시오!"

명허의 외침에 후기지수들이 일사불란하게 움직였다.

귀신이 달려들자 가장 먼저 명허가 암기로 귀신의 형태를 잘게 쪼개 놓았다. 한기는 이번에 침범하지 않았다.

미리 호신기로 몸을 두르고 있었기 때문이다.

산산조각이 난 귀신의 양옆에서 두 후기지수가 뛰오더니 서로를 향해 장력을 펼쳤다.

마치 양손바닥에 끼인 모기처럼 귀신의 형태가 흔적도 없이 사그라졌다.

"무우우우!"

모습을 드러낸 목우유마가 한차례 후기지수들을 가로질렀지만, 별 재미를 보지 못하고 몸을 비틀려는 찰나였다.

"팽 소저!"

팽린이 몸을 날렸다.

자세가 불안정한 상황에서 뿔을 붙들린 상태.

팽랜의 양팔에서 힘줄이 우두둑 돋았다. 팽가의 사람치고는 팽린은 체구가 작았는데, 어디에서 그런 힘이 나는지 의아스러울 정도였다.

목우유마가 몸부림치려고 하자 남궁천이 기세를 뿜어내었다.

그것을 목검으로 조율하자 목우유마에게 보이지 않는 사슬이 휘감긴 것처럼 목우유마의 움직임이 둔해졌다.

그렇게 묶어 두는 사이 팽린의 작은 체구가 비틀어졌다.

팽린은 하북팽가 출신이지만 외부에서 구해 준 표풍파랑도법을 익히고 있었다. 그녀의 체구로는 팽가의 도법을 구사하기에는 어려움이 있었기 때문이다.

사람이 도를 휘두르는 게 아니라 도가 사람을 휘두르는 것 같은 착각을 불러일으키는 이 도법은 자신의 전 체중을 이용해 도를 휘두르는 것에 특화되어 있었다.

그리고 팽린은 목우유마로 그것을 펼쳤다.

하나 다른 것은 그녀가 목우유마의 뿔을 붙들고 있다는 것이고, 목우유마의 몸이 남궁천의 제왕검법에 의해 묶여 있다는 것이다.

투드드득!

목우유마의 목을 떼어 낸 팽린이 가볍게 그 머리를 내던졌다.

"해치웠어."

"고생하셨소. 팽 소저."

"뭘."

팽린은 어깨를 우드득 비틀었다.

둘이 목우유마를 상대하고 있는 사이, 다른 후기지수들도 닥쳐온 적들을 마무리하고 있었다.

이상한 부적과 환상이 덮쳤었지만, 이제 그런 것에 당하기에는 후기지수들은 너무 강해져 있었다.

그것을 눈치챈 것인가, 더 이상의 공격은 없었다.

"그럼, 가지."

한층 더 무후재림에 대한 결의를 다진 후기지수들이 등천각에 발걸음을 옮기기 시작했다.

"문은 잠겨 있지 않군."

구교사의 문을 본 후기지수 하나가 그렇게 말했다. 하지만 섣불리 문을 열지 않았다.

숲에서 헤매는 동안 후기지수들은 많은 것을 배웠다. 그중 하나가 그럴듯하다고 해서 섣불리 달려들면 안 된다는 것이었다.

식량이 가득 들은 배낭을 발견해서 허겁지겁 먹었다가 하루 종일 복통에 시달린 경험이 있다면 다들 신중함을 기할 수밖에 없었다.

"사용한 흔적은 있군. 이건 마진광 대협의 털이다."

"자네, 사람 털도 분간할 줄 아나?"

"……백호 가죽을 두르고 있지 않나. 거기에 문턱이 묘하게 닳아 있는데 오래되지 않았어. 어디 장대 하나 줘 보게."

툭 하고 밀어치자 문이 끼익 하고 열렸다.

후기지수들은 일사불란하게 흩어지면서 안쪽을 경계하다가 아무 일도 일어나지 않자 고개를 끄덕였다.

"가만, 들어가야 발동하는 함정일 수도 있지 않은가. 일단 척후로 몇 명이 들어가서 사술이 걸려 있는지 아닌지를 파악하는 게 좋겠소."

후기지수들의 대화를 듣고 있던 제갈현몽은 어이가 없었다.

"너무 신중한 거 아닙니까?"

"……."

"……."

"……."

세 부류의 사람이 침묵을 삼켰다.

맨 처음에는 방관자였다. 제갈현몽이 뭘 하든 말든 멀리서 떨어져서 자신은 최대한 상관없다는 태도를 고수하는 사람이었다.

당화령과 사마린이었다.

두 번째는 소극적 동조자였다. 이들은 제갈현몽의 말에 따라 주기는 하지만 결정적인 순간에 믿음을 저버린다는 치명적인 단점이 있는 사람들이었는데, 종패와 마진광이 이에 속했다.

마지막으로 적극적 동조자인데 이는 다름 아닌 등천각 주인 진철진이었다.

그 세 부류의 말문을 막아 버린 제갈현몽은 이를 으득 갈았다.

"후후, 하지만 혹시나 해서 이런 상황에도 대비를 했습니다."

"너 방금 너무 신중해서 너무하다는 식으로 말하지 않았……."

"마라심절진을 개진하겠습니다."

당화령의 어처구니없어하는 말을 귓등으로 받은 제갈현몽은 흑우선을 위에서 아래로 내리쳤다.

마치 보이지 않는 끈을 자르는 듯한 느낌과 함께, 마라심절진이 풀려나오기 시작했다.

화아아악!

안개가 삽시간에 후기지수들을 덮쳤다.

평범한 안개가 아니었다. 제갈유의 특수한 향이 들어가 빠르게 수면을 유도하는 술법이었다.

"이런, 모두 숨을 참으시오!"

이상을 눈치챈 남궁천을 비롯한 후기지수들이 경고성을 내뱉었지만 이미 늦은 뒤였다.

어느새 한 치 앞도 보이지 않는 안개가 휘감기자 남궁천은 이를 으득 악물었다.

언제 어떤 일이 일어날지 모르는 일이니 단단히 대비를 해야……

"응? 이거 천 아니냐."

눈앞에 나타난 것은 남궁명이었다.

무림맹의 복장이 아닌 남궁세가의 복장을 하고 있는 남궁명이었다.

남궁명은 티 없는 웃음을 지으며 말했다.

"오래간만이구나. 그래, 남궁세가의 소가주가 되었다지?"

"예. 소제가 그리되었습니다. 어떤 사람이 소가주의 책임을 내팽개치고 무림맹에 투신하는 바람에 말입니다."

"가문에서도 반쯤은 용인한 이야기 아니냐."

무림맹주는 구파나 세가 출신은 될 수 없다.

의절이라도 하지 않는 이상 말이다.

그래서 남궁명은 남궁세가와 의절했다.

하지만 남궁세가도 기실 반쯤은 보내 준 것이나 다름없는 일이었다.

잘만 해서 남궁명이 정말 무림맹주가 된다면, 천하제일

검가에서 '검' 자를 뺄 수도 있었으니까.

"아무튼 좋다. 그럼 이 형이 네가 정말 남궁세가의 가주 자리에 앉을 자격이 있는지 한번 확인해 주마."

스르릉.

남궁명이 날이 잘 서 있는 검을 빼어들자 남궁천이 쓴 웃음을 지었다.

자신의 허리춤에 걸려 있는 것은 남궁명이 들고 있는 명검은커녕 싸구려 철검조차도 아니었으며 목검조차도 아니었다.

그냥 적당히 굴러다니고 있던 나무 봉이었을 뿐이니까.

* * *

"흐으음!"
"끄응."
"으으윽."

후기지수들이 널브러져 신음하고 있자 제갈현몽은 고개를 끄덕였다.

"음, 잘됐군요."

본래 이건 제갈세가의 금족지에 있던 '심마를 불러일으키는 절진'을 그대로 베껴다 붙여 놓은 것이다.

다른 진법도 그랬지만, 이 진법은 특히 지형에 영향을

많이 받았다.

다행히 구 교사는 오래도록 사용되지 않은 데다가 기운이 고여 있어서 아슬아슬하게 마라심절진을 설치할 수 있었던 것이다.

그러고도 제대로 발동이 안 될 것 같아 제갈유의 만향진도 더한 것이고.

"잘되긴 뭘 잘돼. 이제 어떻게 하려고? 이대로 애들 심마에 시달리게 두려고?"

"그건 아닙니다."

제갈현몽은 고개를 흔들었다.

사실 마음 같아서야 남은 시간 동안 어떻게든 버티고 싶었지만, 사실상 그건 불가능한 일인 것이다.

애초에 제갈현몽은 이 마라심절진에 후기지수들을 오래 가둬 놓을 생각이 없었다.

'이것도 두 맹주님 때문이다.'

제갈현몽은 마진광과 종패를 흘겨보았다.

저들만 시간을 좀 더 끌어 주었다면 딱 반나절에서 하루 정도만 버티고 특별 강의의 끝을 선언할 수 있었던 것이다.

하지만 지금은 그게 곤란했다.

아무리 강도를 낮춘 심마라고는 하지만 한때 태상가주였던 제갈헌조차도 주화입마에 걸리게 하고, 미망에 빠트렸던 절진이었다. 제갈현몽도 아무 생각 없이 그런 심마에 후기지수들을 빠트린 것은 아니었다.

다 풀 수 있는 방법이 있는 것이다.

제갈현몽은 고통스러워하고 있는 후기지수들을 바라보았다. 그러자 그들의 심마가 마치 구름같이 피어오르는 모습이 보였다.

'이건 또 예전과 다르군.'

제갈현몽은 이 절진을 겪어 본 적이 있었지만, 그때는 일일이 접촉해서 사람의 심상 속으로 들어갔어야 했다.

하지만 이번에 숙명통을 얻게 되면서 조금 이야기가 달라졌다.

천안통과 숙명통이 결합하면서 그들의 심마를 멀리서도 보고 알 수 있게 된 것이다.

즉, 일일이 접촉하지 않더라도 심상에 개입할 수 있게 된 것.

제갈현몽이 품에서 피리를 꺼내 들었다. 그리고 천천히 자세를 곧고 바르게 하고, 피리를 입술에 가져다 댔다.

그 광경을 본 사람들의 눈이 제갈현몽에게 고정되었다.

어디선가 바람이 사르륵 불어와 제갈현몽의 머리카락을 자연스럽게 스쳤고, 자연스레 내리깔아지는 제갈현몽의 눈빛이 어딘지 그윽해 고아한 분위기를 풍겼다.

크게 들이쉰 숨이 날숨이 될 때, 과연 어떤 가락으로

빚어질 것인가 기대가 절로 될 정도였다.
 "이거 확실히 해 주셔야 합니다. 후기지수들이 깨어나면 제가 한 행동들이 모두 그들을 위한 것이라고 변명을……."
 "알았으니 빨리 불기나 해."

* * *

 "허억. 허억. 허억."
 남궁천은 숨을 거칠게 몰아쉬었다.
 몇 번일까?
 열 번째인 것도 같고, 백 번째인 것도 같다.
 남궁명에게 도전하고, 그리고 나가떨어진 횟수였다.
 "고작 이 정도냐? 이 정도로 남궁세가의 소가주가 될 작정이더냐?"
 "……."
 남궁천은 입을 열지 못했다.
 지쳤기 때문만은 아니었다. 이상하게 지금까지 수도 없이 패배했음에도 불구하고 몸은 전혀 피곤하지 않았다.
 남궁명의 입을 다물게 한 것은 피로감이 아니라 좌절감이었다.
 남궁명이 거대한 벽이 되어 가로막고 있는 것 같았다.
 "그러시면 떠나시지 않으셨어야지요."

"그럴걸 그랬구나. 이 정도밖에 안 되는 사람이었더라면 그냥 나가지 말걸 그랬어."

"크윽."

남궁천이 다시 자리에서 일어났다. 남은 힘을 모두 짜내어 일어난 것이었으나 남궁명은 그런 남궁천을 비웃었다.

"일어난 건 가상하다만 그게 전부더냐? 단순히 일어난 것으로는 남궁세가라는 기둥을 지탱할 수 없어."

남궁천은 대답하지 못했다.

남궁명의 입가가 주욱 찢어졌다.

본래 남궁명의 실체는 심마인 것이다. 남궁천의 약한 부분이 드러나자 그 실체를 드러내고 있었다.

심마가 형체를 바꾸기 시작했다.

"그렇다면, 힘을 가지고 싶지 않느냐?"

심마.

무인이라면 누구라도 한 번쯤은 겪는 흔한 일이었다.

그리고 마찬가지로 흔한 일이었다.

그 심마를 극복하지 못하고 굴복해 버리고, 유혹에 넘어가 버리면 평범한 사람이 하루아침에 마인이 되어 버리는 것 또한.

그건 본래 남궁천에게 내재되어 있던 마의 씨앗이었다.

마음 한구석에 심어져 있던 씨앗이 남궁천의 마를 받아먹고 자라났다.

언제고 반드시 깨어났을 씨앗.

그것이 지금 발아했을 뿐이었다.

"나는……."

"쉬운 일이다. 조금만 인간을 포기하는 것이다. 그러면 너는 강해질 수 있고, 이 형도 능가할 수 있어. 그리하여 그 누구보다 위대한 남궁세가의 가주가 될 수 있다."

"그런 교언영색에 넘어갈 것 같습니까?"

"내가 만약 이 자리에 있었다면 어땠을 것 같으냐? 이딴 같잖은 수작은 다 무너트려 버리고 진작의 무후재림의 멱살을 들어 올리고 있었을 것이다. 너처럼 어설프게 다른 사람에게 의지하지 않고. 그러고도 네가 남궁세가의 소가주더냐?"

본래 명가에서는 이러한 마의 유혹을 경계하면서 이를 물리치도록 한다.

정파가 괜히 무림맹을 만들어 마인들을 물리치는 것이 아니다. 애초에 공부를 쌓을 때부터 마에 대한 내성을 기르도록 되어 있으니까.

하지만 그럼에도 불구하고 남궁천의 내재된 마가 너무도 짙었고, 뿌리를 강하게 내리고 있었다.

"나는…… 나는……!"

남궁천이 흔들리기 시작했다.

그리고 그런 남궁천의 귓가에 어디선가 아스라한 소리

가 들려왔다.

피리 소리였다.

남궁천이 본 것은 처음 보는 사람이었다.

하지만 누구인지는 바로 알 수 있었다.

"무후재림……?"

"지금 자기소개를 할 시간은 없을 것 같군요."

제갈현몽은 남궁천의 심마를 바라보았다.

남궁명의 모습을 하고 있지만, 그건 어디까지나 겉보기만 그런 것이었고, 그 안에 있는 것은 다른 무언가였다.

다른 세계에서 온 존재.

제갈현몽은 그 존재를 어쩐지 알 수 있었다.

알렌이 찌릿찌릿 신호를 주는 게 아니더라도.

'마족인가?'

알렌의 세계에서 마족은 두 가지 방향으로 침공을 한다고 들었다.

하나는 게이트를 통해 침공하는 것이다.

세계에 나 있는 균열을 통해 외차원에서부터 침략을 해 온다고.

다른 하나는 계약을 통해 사람을 매개로 해서 영향력을 투사하는 방법이다.

강대한 힘을 주는 대신, 그 사람이 저지른 악업을 마족이 받아먹는 구조였다.

동시에, 악업으로 인해 세상이 혼란스러워질수록 마족이 만족스러워한다고.

'아무래도 본체와 연결된 것은 아닌가 보군.'

일부 특수한 계약자들이라면 이야기가 다르지만, 마족들이 계약자를 찾는 방식은 그냥 무작위라고 한다.

그저 여기저기 파장을 흩뿌리고 다니다가, 자신과 파장이 잘 맞는 사람이 있으면 스며들어서 씨앗처럼 잠복하는 방식.

그 상태에서 숙주의 감정을 먹고 자라다가, 때가 되면 발아하는 것이다.

바로 지금처럼.

"남궁 공자. 일어날 수 있겠습니까?"

"그럭저럭."

남궁천은 자리에서 일어났다.

하지만 정말 힘이 나서 일어난 것은 아니었다. 그보다는 내키지 않는 마음을 억누르고 억지로 일어난 것에 가까웠다.

"그래, 또다시 다른 사람에게 의지해야 일어날 수 있는 것이냐?"

남궁명의 비아냥에 남궁천이 주먹을 움켜쥐었다.

그 모습에 제갈현몽이 고개를 갸웃거렸다.

"왜 다른 사람에게 의지를 하면 안 됩니까?"

"그것이 남궁세가니까. 남궁세가는 제왕의 검. 그리고 제왕은 고독한 법이니 다른 사람에게 의지하면 안 되는 법이다."

"과연."

제갈현몽은 고개를 끄덕였다.

남궁명의 모습을 하고 있는 이 심마는 궤변을 늘어놓고 있었다.

'오히려 반대 아닌가?'

가주가 되었는데도 불구하고 다른 사람에게 의지할 줄 모르고 모든 일을 자기 스스로 한다?

그건 누가 봐도 긍정적인 가주의 모습이 아니었다.

당장 제갈현몽이 봐 온 가주들은 다른 사람에게 일을 시키고 의지하는 것에 거리낌이 없었던 것이다.

그 궁극점에는 제갈중명이 있었다.

심지어 그는 자기 세가원이 아닌 제갈현몽을 부려 먹는 것에조차 일말의 망설임이 없었다.

'음, 다시 생각하니까 좀 화나는군.'

모든 일이 끝나고 나면 소림사와 무당파에도 들러서 일을 해야 한다는 사실이 순간 제갈현몽의 눈앞을 흐리게 만들었다.

제갈현몽은 고개를 흔들어 정신을 차렸다.

'아무튼 간에 중요한 것은 그게 아니다. 궤변이라면 궤

변으로 맞서면 되는 것이다.'

"말이 좀 이상하군요. 고독한 것이 왜 강한 것입니까?"

"강해야 가문을 짊어질 수 있으니까."

"그렇다면 많은 것을 짊어진 사람은 강합니까?"

"그렇다고 볼 수 있지."

"그러면 사람을 하나만 태운 명마보다, 수많은 봇짐을 진 나귀가 더 강한 겁니까?"

"……지금 그 말이 아니지 않나."

제갈현몽의 궤변을 들은 심마가 변명을 시작했다.

뭐 남궁세가의 검은 그걸 예로 든 것이 아니다, 짐말과 사람을 같은 선상에 놓을 수 없지 않나.

뭐 그런 의미였다.

제갈현몽은 코웃음 쳤다.

"그런 겁니까? 편리하군요. 예. 알겠습니다."

남궁천은 손을 떨었다.

심마에 불과했지만, 뭔가 형언할 수 없는 분노가 차오르는 듯한 느낌이 들었다.

"그 얄팍하고 근거 없는 주장을 받아들여 드리지요. 남궁명 소협께서는 남궁세가의 가주가 되기 위해서는 작은 일부터 큰일까지 모두 자신의 힘으로 해야 한다는 것이지요?"

예로부터 문사들은 궤변의 달인이었다.

제갈현몽이 침소봉대의 초식을 시전하자 남궁명이 말을 머뭇거렸다.

"그렇게까지는 말 안 했……."

"이상하군요. 방금 말씀하시지 않으셨습니까? 다른 사람에게 의지하지 않고 모든 일을 스스로 해야 한다고. 왜 앞뒤가 안 맞는 말씀을 하신 겁니까?"

"그 정도까지 혼자 해야 한다고 하지 않았다. 사람들에게는 다들 자기 역할이 있고, 그걸 내가 다 하기에는 시간이 모자라지 않는가."

"음? 그대 말대로라면, 그건 그대가 충분히 강하지 않아서 생긴 일 아닙니까?"

심마 남궁명은 제갈현몽의 화려한 궤변에 정신을 차리지 못했다.

덤으로 뒤에서 지켜보고 있던 남궁천 또한 의도치 않은 충격을 받고 있었다.

심마란 것은 지금 남궁명의 모습을 하고 있었지만, 기실 남궁명이 아닌 남궁천 그 자체에 가까웠다.

혼자만 간직하고 있던 부끄러운 생각이나 사상 같은 것을 부관참시하는 것이나 마찬가지였으니 묘한 느낌이 들 수밖에 없었다.

"으, 으윽."

"아, 알겠습니다. 좋습니다. 남궁세가의 검은 고독하고 홀로 가문을 짊어질 정도로 강해야 하지만, 필요에 따라서 자기가 편리할 때는 다른 사람에게 의지해도 된다 이거지요? 남궁세가의 논리가 그런 거라면 인정하겠습니다."

고개를 주억거리면서 말하던 제갈현몽이 문득 고개를 모로 꺾었다.

"어, 그런데 좀 그렇지 않습니까?"

"뭐가 말이냐!"

"그야 남궁명 소협은 그런 걸 알고 있으면서도 가문을 뛰쳐나갔으니 약한 사람이라는 뜻이 되는데…… 약자에게 그렇게 강자의 도리를 설교받는 게 좀…… 아, 실례합니다. 원래 남궁 소협의 논리가 자기 좋을 때만 편리해지는 것이었지요?"

"죽여 버리겠다!"

심마 남궁명은 마침내 참지 못하고 검을 뽑아 들었다.

하지만 이미 예측하고 있던 제갈현몽은 천기미리보를 밟아 남궁천의 뒤에 나타났다.

"남궁 소협!"

멍하니 그 광경을 지켜보고 있던 남궁천이 검을 뽑아 남궁명의 검을 마주 막았다.

그제야 남궁천이 입을 열었다.

보면서도 어처구니가 없었다.

'심마를 말로 화나게 하다니……!'

너무 어이가 없었기에 되려 몸이 움직여졌다.

쓸데없는 생각이 더욱 큰 충격으로 날아가 버렸기 때문이었다.

"무후재림! 대체 무슨 짓을 하는 것이오!"

"그냥 심마와 대화를 했을 뿐입니다. 심마의 말을 모두 긍정해 줬는데 화를 내다니, 이해하기 어렵군요."

"그거야 심마의 궤변을 그대가 다 논파해 버렸으니까!"

"예. 그렇지요."

제갈현몽의 가라앉은 말에 남궁천은 뭔가 서늘함을 느꼈다.

"심마가 말하는 것은 전부 궤변일 뿐이라고, 이제 남궁 소협도 아시겠지요?"

"……!"

남궁명의 대연검법이 펼쳐졌다.

큰 것이 작은 것을 감싸안는 것처럼, 도도하게 흐름을 이끌어 나가는 검법이었다.

남궁천도 마주 대연검법을 펼쳤다. 착검으로 검면을 붙이고, 더욱 큰 흐름으로 마주해 가자 자연스레 중앙에서 힘 싸움이 이뤄졌다.

"남궁천 소협. 생각해 보십시오. 이번 특별 강의에서 배웠던 것을. 남에게 의지하니 남궁 소협이 약해졌습니까?"

"보고…… 있었던 건가!"

"그야 보고 있었지요. 짧은 기간이기는 하나, 여러분들의 스승 역할을 하지 않았습니까."

제갈현몽의 말에 남궁천의 눈이 부릅떠졌다.

문득, 지금까지 이 특별 강의에서 일어났던 일들이 주마등처럼 남궁천의 뇌리에 스치고 지나갔다.

'설마, 이 모든 것이 다 무후재림의 안배인가?'

생각해 보면 이상했다.

갑작스러운 무후재림의 방문.

수상쩍기 그지없는 특별 강의의 내용.

이 모든 것이 자신의 심마를 극복하게 하기 위한 것이라면 납득할 수 있었다.

"자, 가십시오. 이미 답은 남궁 소협의 안에 있으니."

"……하지만. 검이……."

남궁천은 이를 악물었다.

심마를 실체를 알았어도 가장 중요한 것이 남았다.

그 심마를 쓰러트리지 않으면 설령 물리치더라도 언제고 다시 모습을 나타낼 것이다.

그리고 그런 심마를 베기에는 목검으로는 너무도 부족했다.

"검 말입니까. 들고 있지 않습니까. 푸른빛이 도는 멋진 검이로군요."

"……."

남궁천은 자신의 손에 잡힌 검을 바라보았다.

어느새 자신의 손에는 나무 봉으로 만든 검이 아니라 남궁세가의 가주만이 쥘 수 있는 창연검(蒼延劍)이 쥐어져 있었다.

"이게 왜……."

"어차피 이곳은 남궁 소협의 심상 속이니까요. 무엇을 상상해도 남궁 소협의 자유 아니겠습니까?"

"……!"

"까짓것 자신의 심상 속인데 초절정고수가 된들 무슨 상관이겠습니까. 한번 자유롭게 상상해 보시지요."

벼락이 뚫고 지나가는 듯한 말에 남궁천은 문득 머리가 맑아지는 것을 느꼈다.

자유.

그 말에 지금까지 자신을 옥죄고 있던 것들이 떨어져 나가는 느낌이었다.

남궁천은 자신의 심마를 바라보았다.

도저히 넘볼 수 없이 보였던 자신의 형은 어느새 자기보다 작아져 있었다.

* * *

"음모 말입니까?"

"예. 혹시 모르니 기억하시고 계신 것이 없으십니까?"

제갈현몽의 말에 남궁천은 침음성을 발했다.

그날, 심마에 휘둘린 것은 남궁천뿐만이 아니었다.

놀랍게도 많은 수의 후기지수들이 심마를 마주하는 과정에서, 눈치채기 어려울 정도로 희미한 마기를 발했다.

"본래 마라심절진은 본인의 심마를 마주하게 하는 용도로 만들어진 진법입니다. 심마와 싸우라고 만든 진법이 아니지요. 그런데도 진법의 효과가 왜곡된 것은, 공자의 몸 안에 있던 마기의 흔적 때문입니다."

"으음."

"공자 혼자라면 모르겠으나, 다른 사람에게도 동일한 흔적이 발견되었더군요. 혹시 짚이는 점은 없으십니까?"

제갈현몽은 그리 말하면서 흑우선으로 자신의 얼굴을 부치며 남궁천의 반응을 살폈다.

"으음, 한번 생각을 해 보겠습니다."

남궁천이 그리 말하면서 자리를 뜨자 사마린이 와서 물었다.

"공자, 아까 전부터 비슷한 일을 계속 하는데 혹시 정말 등천각 안에 뭔가 음모가 진행되고 있는 건가요?"

"그럴 가능성이 없지 않습니다."

"설마……!"

"언니, 속지 마. 쟤가 말을 두리뭉실하게 흐리면 자기는 절대 그렇게 생각 안 한다는 뜻이니까."

제갈현몽은 흑우선으로 자신의 비뚜름한 입가를 감췄다.

"참고로 저렇게 흑우선으로 얼굴 가리는 건 정곡을 찔려서 표정 관리가 잘 안 될 때 하는 거야."

"화령. 너무 근거도 없는 비방이 심한 거 아닙니까?"

"억울해하는 반응이 클수록 약점을 찌른 게 맞다는 뜻이고. 야, 제갈아. 뭔가 더 해 봐. 재밌네. 내가 해설해 줄게."

"……."

제갈현몽은 호적수 앞에 마침내 진실을 털어놓을 수밖에 없었다.

"가능성은 있다는 말이었습니다. 실제로 등천각의 후기지수들에게 비슷한 수작이 부려진 것도 확인할 수 있었고요. 하지만 어디까지나 미약한 가능성에 지나지 않습니다. 당장 등천각에서 그런 음모가 오래전에 진행되었다면 두 사람에게도 제가 어떤 흔적을 눈치채지 않았겠습니까? 우연이겠지요."

"음, 그건 그러네요. 그러면 왜 그렇게 자꾸 의미심장하게 말을 흘린 거예요?"

후기지수들뿐만이 아니라 진철진에게도 은밀하게 말을 흘린 것이다.

등천각을 한번 점검할 필요가 있을지도 모른다고.

"그거야 자칫 잘못하면 마인이 될 뻔한 게 제 탓이 될 수도 있지 않겠습니까."

"에라이."

제갈현몽은 흑우선을 펼쳐 당화령의 비겁한 기습을 막아 내었다.

하지만 사각에서 들어오는 사마린의 통렬한 꼬집기를 피해 내지 못했다.

"크윽!"

"진짜 이 사람, 독심서생 쪽이 본성 아니야?"

"무슨 말씀을 그리 심하게 하십니까! 다 등천각을 위한 겁니다."

제갈현몽은 사마린에게 꼬집힌 부위를 문지르면서 툴툴거렸다.

"어차피 곧 정사대전이 일어나는데 그전에 한번 점검하는 것도 좋지 않겠습니까. 설마 정말로 등천각을 혼란에 빠트리려는 음모로 숨어 들어온 마인이 있겠습니까?"

* * *

있었다.

51장. **등천수호대**

등천수호대

등천각에는 여러 각(閣)이 존재한다.

검각(劍閣)처럼 오래돼고 전통 있는 곳도 존재하는 한편, 통심각(通心閣)이라고 하는 필요에 따라 새로 만들어진 각도 존재한다.

통심각.

등천각의 후기지수들의 인성 문제가 심화되자, 그 보완을 위해서 만들어진 곳이다.

후기지수들은 그 통심각을 통해서 상담을 통해 자신이 가진 정신적인 문제점을 해결할 수 있었다.

그리고 그 통심각의 각주는 무원(茂垣) 스님이었다.

그리고 마뇌의 지령을 받은 제자이기도 했다.

'잘되어 가는구려. 허허허.'

마뇌가 무원에게 지시한 것은 간단했다.

등천각의 후기지수들에게 은밀하게 마의 씨앗을 심을 것.

물론 그를 위한 준비는 마뇌가 마쳐 두었다.

지금 무원은 마인으로 색출당하지 않기 위해, 마뇌에 의해 원정을 봉인당한 상태였다.

그 상태에서는 정종내공에 노출되어도 마인이라는 것을 들키지 않을 수 있었다.

마의 씨앗을 심는 것도 쉬운 일이었다.

오만한 후기지수들을 말로 잘 구슬리면서 심마를 부채질한다. 어설프게 마기를 사용하지 않는 것이 무원의 전략이었다.

세 치 혀만으로 앞길이 창창한 후기지수들을 마인으로 전락시키는 것.

'대계는 이제 시작되었다.'

정사대전이 일어날 것이라는 소식은 전해 들었다.

한층 더 등천각에 대한 관심은 줄어들 것이다.

그 사이 무원은 등천각에서 활약하면서, 후기지수들을 자신의 꼭두각시처럼 만들고.

대계가 일어나는 날, 그들에게 심어진 마의 씨앗을 일제히 발아시킴으로서 내부에서 막대한 혼란을 불러일으키는 것이다.

지금 겨우 그 첫걸음을 내디뎠을 뿐이다.

무원은 다짐했다. 이럴 때일수록 더더욱 신중하고 조심스럽게 계획을 진행시켜 나가겠다고.

이미 주변 사람들을 조금씩 잠식해 나간 뒤였다.

등천각의 신입 각주이지만, 이미 주변 사람들에게서 인품 좋고 자애로운 스님으로 인정받고 있으니 설령 수상함을 눈치채더라도 자신이 마인인 것을 알아차리지는 못하리라.

그래서 무원은 자신이 공을 들이기 시작하는 남궁천이 자신의 눈앞에 왔어도 별스럽게 생각하지 않았다.

"오래간만입니다. 남궁 소협. 지난번 상담 이후는 어땠습니까?"

"괜찮습니다. 대사."

"예. 또 언제라도 오시지요. 아미타불."

그런데 모여든 것은 남궁천뿐만이 아니었다.

은밀하게 작업을 들어가고 있던 사람들이 하나둘씩 주변에 보이고 있었다.

'기분 탓인가? 묘하게 포위당하는 느낌도 드는구나.'

사람의 시선이라는 것은 기이하다.

단지 눈빛을 받을 뿐인데, 거기에 어떤 의념이 담겨 있는지 어느 정도 눈치챌 수 있는 것이다.

하나는 미약하지만, 여러 개가 모이다 보면 그 의념이라는 것이 점차 실체화되어 간다.

저들은 자신을 무슨 이유에서인지 노려보고 있었다.

'……설마 눈치챘나?'

그러나 곧 무원은 고개를 흔들었다.

"무원 대사님. 사실 저희 무후재림님의…… 아니. 무후재림 신인(神人)의 특별 강의를 받고 오는 길입니다."

'이 녀석 방금 무후재림을 신인이라고 하지 않았나?'

아무튼 지금 중요한 것이 아니었다.

뭔가 분위기가 이상했다.

'아니, 침착하자. 분위기만으로 섣불리 행동하는 것은 무인들이나 할 법한 일이다.'

자신과 같이 침착하고 이성적인 술자들은 직감이니 본능이니 하는 비논리적인 것에 의지하지 않는 법이다.

"그렇군요. 수업은 유용했습니까?"

"예. 덕분에 큰 수확을 얻었습니다."

"다행이군도. 소승도 기쁩니다. 그러면 소승은 이만……."

"이야기를 나누던 도중에 대사님의 이야기를 하니 무후재림 천인(天人)께서 만나고 싶다고 하셨습니다."

"그렇습니까? 나중에 기회가 된다면……."

"그래서 모셔 왔습니다. 원래대로라면 저희가 대사님을 끌고 가야 했지만 무후재림 상제(上帝)께서 그러지 말라고 하셔서."

'이 자식 뭐지?'

무원은 무시하려고 했던 남궁천의 변화에 식은땀을 흘렸다.

가만 보니까 무후재림의 이야기를 할때마다 남궁천의 눈가에 묘한 광기가 번뜩였다.

자신이 최종적으로 남궁천을 저리 만들 생각이었는데……!

덕분에 자리를 빠져나가는 것이 늦었다.

"안녕하십니까. 무원 대사님. 저는 제갈현몽이라고 하는 사람입니다."

"허허, 그대가 그 유명한 무후재림이오?"

"별로 유명하지 않습니다."

어째선지 제갈현몽이 발끈하는 모습을 보였다.

"그래서 소승을 보고 싶어 한 이유는……?"

'아무리 무후재림이라고 해도 내 정체를 꿰뚫어 보지는 못할 것이다. 일단은 이 자리는 어떻게 벗어나고…….'

제갈현몽은 한숨을 내쉬었다.

"왜 있습니까?"

"……허허, 그게 무슨 소리인지 소승은 전혀."

무원은 그렇게 말하면서도 마치 비수에 찔린 것 같은 서늘함을 느꼈다.

'들켰다.'

무원은 본능적으로 도망칠 준비를 했다. 가장 먼저 무후재림을 인질로 잡을 준비를 했다.

하지만 제갈현몽이 더 빨랐다.

"마(魔)여, 장막을 들추고 진실을 드러내라."

알렌의 세계에서는 마족과 전쟁을 하고 있었다.

그러는 한편, 마족은 계약을 맺어 마인들을 이용해 대륙에 혼란을 일으키고 있었다.

대륙의 힘을 조금이라도 약화시키기 위해서였다.

당연히 마인이라는 것이 밝혀지면 안 되니까 숨길 수 있는 수단을 만들었다.

거기에 따라 마법사들도 그런 수단을 파헤치기 위한 수단을 궁구했고…… 그러한 것이 발전하다 보니 숨기는 쪽도 밝혀내는 쪽도 기술이 크게 발전했다.

그런 기술을 알고 있는 제갈현몽의 눈으로 보기에 무원이 치고 있는 봉인은 너무도 얄팍한 것이었다.

팡!

마뇌가 걸어 두었던 마기의 봉인이 깨지고, 무원의 몸에서 마기가 터져 나왔다.

"허허. 이건 대체…… 제길! 대체 어떻게 안 거냐!"

"허허허. 그야 당연히 무후재림이니까 당연히 알고 있던 일이겠지."

도망치려는 무원의 앞을 등천각주 진철진이 가로막았다.

일권이 몸통에 틀어박히자 가슴을 중심으로 온몸의 뼈

가 박살 나는 듯한 충격을 느끼며 무원은 나가떨어졌다.

"크, 크윽. 대체……."

"굳이 설명이 왜 필요한가. 무후재림이니 이런 것도 가능한 것이지. 안 그런가, 무후재림? 그대는 처음부터 이 모든 상황을 그리고 여기 등천각에 온 것이 아닌가, 이 말이야."

"아닙니다."

"그렇다는군. 그렇다면 더더욱 대단한 일이야. 그저 한 번 쓱 훑어본 것만으로 이런 상황을 만들어 내었다는 것이니."

'아차.'

제갈현몽은 침음성을 발했다.

어느새 퇴로가 꽉 막혀 있었다. 대답과 상관없이 반응은 이미 정해져 있는 것이다.

'진짜 왜 일이 이렇게 되는 거지?'

사실 이 상황 자체가 이상했다.

애초에 제갈현몽이 그 말을 꺼낸 것은 조금이라도 자신의 책임을 줄이기 위한 면피성 발언도 있었다.

'느그 등천각에 마인이 숨어 있는 것 같더라'라고 하면 도리어 등천각과 후기지수들로서는 불쾌하게 여겨질 수도 있는 말 아니던가.

하지만 그 말을 들은 것이 이제 제갈현몽이 '장강은 서쪽으로 흐릅니다.'라고 해도 믿을 준비가 되어 있는 진철진과, '그렇다면 내일부터 서쪽으로 흐르게 하겠습니다.'라는 식으로 행동하는 남궁천이었다.

없는 범인도 만들어 낼 준비가 되어 있는데, 진짜로 범인이 있었으니 어떻게 되겠는가.

"……그러니까 왜 진짜 있는 겁니까? 있다 하더라도 왜 안 도망쳤습니까? 마뇌 제자분들은 왜 다들 치고 빠지기를 못하는 겁니까. 일을 벌였으면 얼른 도망쳐야지 왜 미적거리냐 이 말입니다."

"미, 미친놈…… 막 시작하자마자 도망치는 머저리가 어디……."

무원은 억울해했다.

이번 대계는 시간을 들여 차분하게 준비한 것이다.

등천각의 심사를 뚫는 것이 어디 쉬운가.

이번 대계를 위해서 그동안 투자한 세월과 금전이 결코 적지 않았다.

그걸 겨우겨우 시작하자마자 박살 났으니 천재지변도 이런 천재지변이 없었다.

"그러게 왜 마인이 되었습니까? 애초에 마인이 안 되었으면 될 문제 아닙니까. 왜 마인 따위를 해서 이런 귀찮은 일을 만드는 겁니까? 입이 있다면 어서 대답해 주십시오."

존재 자체를 부정하는 발언에 무원은 어처구니가 없었다.

'이 자식 이제는 근거도 없이 짜증 내고 있지 않나?'

"무후재림 천제(天帝)시여. 통촉해 주시겠습니까?"

"남궁 공자…… 저를 그냥 제갈현몽이라고 불러 주실 수 있겠습니까?"

"어찌 그런 무례한 짓을 한단 말입니까. 제자가 무엇을 잘못했다면 하문하여 주십시오."

"……아무튼 좀 더 평범하게 불러 주십시오. 차라리 그냥 무후재림으로 불러 주셔도 됩니다."

"그럼 무후재림 스승님으로."

"……좋을 대로 하십시오."

제갈현몽은 어딘지 피곤해져서 자리에 일어났다.

이후 이야기를 들어 보니 무원은 정말 정사대전이 일어난 틈을 타서 등천각에서 혼란을 일으키기 위해 파견된 마뇌의 제자라는 것이 판명되었다.

정사대전에 다들 신경이 팔린 사이, 등천각에서 차근차근 대계를 진행하고 있다가 시기가 무르익었을 때 일제히 마인으로 각성시켜 정파 무림을 뒤집어 놓을 생각이었다.

그런 것이 무후재림의 등장 한 번에 뒤집어져 버린 것이다.

"무후재림은 정사대전의 준비로 바쁜 와중에서도, 이러한 점을 천기(天機)로 꿰뚫어 보고 있었다. 그리하여 미리 등천각으로 하여금 자신을 특별 강사로 초빙하게 한 것이다. 맨 처음 등천각주는 무후재림의 서신을 받고 코웃음을 쳤다고 한다. '흥, 아무리 무후재림이라고 해도 어찌 천 리 밖 등천각에서 일어나고 있는 일을 어찌 안단 말인가?' 하지만 무후재림은……."

"화령, 아까 전부터 읽고 있는 그건 뭡니까?"

"아, 등천각 안에서 화담자가 팔고 있더라. 가끔 화담자를 통해 강호의 소문 같은 것을 듣거든."

"너무 왜곡과 날조가 심한 것 같지 않습니까?"

"그렇지? 그래도 재미있는데. 야, 봐 봐. 마인이 정체를 드러내고 도망치다가 넘어졌는데, 그곳에 네가 미리 '이곳에 쓰러질 줄 알았습니다.'라는 글귀를 남긴 것을 보자 마인이 어딜 가든 네 손바닥 위인 것을 깨닫고 머리를 박고 '무후재림은 과연 신인이로구나!'라고 외치면서 울부짖었다고 쓰여 있어."

어디서 많이 들은 설화가 뒤죽박죽 섞여 있는 모습에 제갈현몽은 머리가 아파져 오는 것을 느꼈다.

"아니, 세상에 그런 사람이 어디 있습니까?"

"뭐 좀 과장이 섞이긴 했지만 없는 소리도 아니잖아요. 예전부터 생각하던 건데 왜 자꾸 그렇게 억울해하는 거예요?"

사마린은 이해할 수가 없었다.

가식이라면 이해를 하겠는데 진심으로 싫어하니 그것도 희한했다.

"자꾸 쓸데없는 기대를 하지 않습니까. 기대치를 너무 높이면 언제고 반드시 실망하게 되는 법입니다. 저는 그것을 경계하는 것입니다."

'그런 것치고는 기대에 충분히 부응하지 않았나?'

두 여인은 그런 생각을 했지만 굳이 입밖에 내지 않았다.

평소와 달리 제갈현몽은 진심으로 침울해하고 있었다. 두 사악한 무림인도 차마 이럴 때까지 제갈현몽을 공격하고 싶지는 않았다.

"무후재림 스승님. 시간입니다. 오늘도 스승님의 가르침을 원하는 사람들이 모여 있습니다."

"……."

남궁천의 모습에 제갈현몽은 도살장에 끌려가는 소처럼 몸을 일으켰다.

* * *

제갈현몽에게 특별 강사로 주어진 시간은 이미 지난 지

오래였다.

하지만 등천각에서 마인이 나타나서 수상쩍은 일을 벌인다는 것이 밝혀지게 되었는데, 시간이 지났다고 돌아갈 수가 없어졌다.

때문에, 남는 시간 동안 제갈현몽은 쉴 생각이었다.

하지만 세상은 제갈현몽을 가만히 두지 않았으니.

그의 특별 강의를 들은 후기지수들이 소문을 퍼트리기 시작한 것이다.

"그 소문 들었나? 무후재림의 강의 말일세."

"아아, 마인을 색출하기 위한 강의였다면서?"

"아이고, 이 사람아. 그렇게 소문이 어두워서야! 그것만이 아닐세. 무후재림은 물론 마인을 색출하기 위해서 특별 강의를 꾸리기도 했지만 실제로도 효과가 있는 강의였다네. 실제로 특별 강의를 들은 자들의 경지가 올랐다고 하는 간증이 나오고 있다네!"

"뭐라고? 대체 어떤 내용이었기에……."

"아무튼 이러고 있을 수는 없지. 자네도 운동에 참가할 건가?"

"무슨 운동?"

"그야 당연히 무후재림 특별 강의를 다시 열어 달라는 청원 운동이지!"

곧, 소문을 들은 후기지수들이 무후재림의 처소에 몰려

가 시위를 하기 시작했다.

제갈현몽은 어처구니가 없었다.

"아니, 다들 좀 이상하지 않습니까?"

말이 특별 강의지 아무런 정보 없이 숲에 던져 두고 보름 동안 습격을 당해 내면서 버텨야 하는 것을 왜 자청한단 말인가?

"그만큼 무인에게 경지가 중요해서 그런 거 아닐까?"

"아무리 그래도…… 진 각주님을 만나 봐야 할 것 같습니다."

하지만 제갈현몽은 진철진을 만나지 못했다.

이유는 마인의 처리와 후유증으로 인해 바빠서라고 하지만, 제갈현몽은 그 속내를 꿰뚫어 볼 수 있었다.

진철진은 제갈현몽이 미적거리다가 등천각에 뿌리내리길 원하고 있는 것이다!

"……."

소름이 돋았다.

과연 강호는 용담호혈과 같아서 어디에 가도 한 치도 방심할 수 없었다.

하지만 결국 제갈현몽은 굴복할 수밖에 없었다.

"……하는 수 없군요. 저리 원하신다니 특강을 다시 열 수밖에 없겠습니다."

그리 말하는 제갈현몽의 눈빛은 진한 독기가 번뜩이고

있었다.

'특강이라. 두 번 다시 열어 달라는 말이 나오지 않을 정도로 강도를 올려 주마.'

그렇게 두 번째 특강이 열렸다.

후기지수들은 희희낙락하면서 제갈현몽의 강의에 들어섰고…….

마주했다.

"음, 형님? 형님께서도 특별 강의를 재수강하시려는 겁니까?"

남궁세가의 친척 동생의 말에 남궁천은 고개를 천천히 가로저었다.

"그게 아니다."

"아, 특별 강의를 도와주시는 도중인가 보군요. 그나저나 형님. 이게 대체 무슨 특별 강의입니까? 갑자기 웬 미친 소에 쫓기질 않나…… 형님, 뭐 하시는 겁니까? 검은 왜 빼 들고 있습니까? 형님? 형님? 으아아악!?"

전 기수 특별강의를 들은 후기지수들이 기꺼이 발 벗고 도와주었다.

그들은 밤이 되자마자 사방으로 흩어져서 후배들을 향한 노략질을 시전했다.

이번 특별 강의에 참가한 사람들은 알음알음 소식을 전해 듣고 나름 식량을 챙겨 온 자들이 많았다. 개고생을 한 전 기수로서는 다음 기수가 배 곯지 않고 특강을 완강하는 것을 두고 볼 수 없었다.

나만 당할 수 없다!

그러한 생각을 하는 것은 유구의 전통이었다.

사방에서 비명이 울려 퍼지는 것을 들으며 제갈현몽은 웃음을 지었다.

'이제 더 이상 특강을 해 달라고 하지 않겠지.'

하지만 제갈현몽은 아직도 모르고 있었다.

대저 인간의 악의란 파악하기 힘든 것이다.

"무후재림은 특별 강의를 상설화하라!'

"상설화하라!"

두 번째 기수들은 특별 강의에서 자신들이 당한 것을 철저히 불문에 붙였다. 그리고 일부 사실이 빠진 진실을 퍼트리기 시작했다.

"무후재림의 강의 말인가? 정말 유익한 강의였네! 참 좋았어."

"정확히 어떻게 좋았는데요?"

"아이참. 이게 참 좋은데 말로 설명할 수도 없고 난감하군. 그렇지. 자네들도 가서 특강을 열어 달라고 운동을 벌여 보는 건 어떤가?"

사실을 말하자면 유익하기는 했다.

하지만 그 보름 동안 갖은 고초를 겪고 나니 가슴속에

서 한 마리 뱀이 꿈틀였다.
 '이 고생을 나만 당할 수 없다!'
 자신들이 들어온 첫날 가진 소지품 모두를 빼앗기고 배가 고파 들가의 풀 중에서 뭘 먹을 수 있고 없는지를 연구하는 사이, 운 나쁘게도 특강에 참가하지 못한 평범한 생도들은 주루에 몰려가 술과 음식을 즐겼다.
 언제 산적(선배들)이 습격해 올지 몰라서 번을 세워 밤벌레 소릴 들으며 주변을 경계하고 있는 사이, 특강에 참가하지 않은 사람들은 시와 음률을 음미했다.
 일부 상식 있는 사람들은 특강의 실체를 밝혀야 한다고 주장하긴 했지만, 그 의견은 대다수의 의견에 묵살되어 버렸다.
 또다시 자신의 처소에 후기지수들이 운동을 시작하자 제갈현몽은 진심 이해할 수 없었다.
 "……진짜 등천각 좀 이상하지 않습니까?"
 "그러게. 내가 저번에 다닐 때도 이 정도는 아니었는데……."
 "이럴 게 아닙니다. 진 각주님에게 한번 찾아가 봐야겠습니다. 혹시 진 각주님에게 찾아뵙겠다는 전갈을 전해 주시지 않으시겠습니까?"
 "진 각주님은 바쁘십니다. 사건의 뒤처리가 아직 끝나지 않아서……."

"그 뒤처리가 대체 언제 끝나신다는 겁니까?"

"잘 모르겠습니다. 특강을 준비하시는 동안 제가 알아보고 오는 건 어떨까요?"

"……."

어디서 많이 본 전개였다.

이대로는 정말 말뚝이 박히고 만다.

그리고 제갈현몽은 여차할 때는 자기가 먼저 행동할 줄 아는 남자였다.

'탈출해야겠다.'

제갈현몽은 당화령을 보며 물었다.

"혹시 여기 등천각에 개구멍 같은 거 없습니까?"

하지만 제갈현몽의 장대한 탈출극이 펼쳐지는 일은 없었다.

꼼짝없이 세 번째 강의를 준비하려는 와중에 제갈현몽에게 무림맹의 남궁명이 나타났다.

"제갈 공자."

"남궁 소협. 오래간만입니다. 그동안 별래 무양하셨습니까? 이렇게 건강한 모습을 보니 정말 기쁩니다."

제갈현몽의 환대에 남궁명이 살짝 의아해했다.

자기들이 원래 이렇게 친했던가?

"혹시 무림맹으로 귀환하라는 명령입니까?"

"그렇소. 소집이 완료될 예정이니 그대도 맹으로 귀환

해야 할 것 같소. 맹주님께서 그대의 의견을 참고하고 싶어 하시더군."

"음, 알겠습니다. 아쉽지만 돌아갈 수밖에 없겠군요."

제갈현몽은 흑우선으로 입가를 가리며 그리 말했다. 그 모습을 보며 사마린은 조금 제갈현몽을 알 것 같았다.

'지금 웃고 있겠네.'

흑우선으로 얼굴을 가린 이유는 다른 게 아니라 기뻐하는 기색을 감추기 위해서인 것이다.

"형님."

"아, 천아. 오래간만이구나. 여기에는 네가 웬일이냐?"

"스승님 계신 곳에 제자가 있는 건 당연한 일이 아니겠습니까. 그보다 형님, 두 걸음 뒤로 물러나 주시겠습니까?"

"어째서?"

남궁명이 뒤로 두 걸음 물러나자 남궁천이 만족스럽다는 듯이 고개를 끄덕였다.

"방금 형님께선 스승님의 그림자를 밟으셨습니다."

"……."

"……."

제갈현몽은 흑우선을 펼쳤다.

그렇게 해서 가리지 않으면 남궁천의 시선에 꿰뚫려 버릴 것 같았다.

사실 방금 전의 그 발언은 제갈현몽만이 아니라 다른

사람들도 소름 돋게 하기에 충분했다.

드디어 사태의 심각성에 대해 깨달을 수 있었던 것이다.

-야, 빨리 돌아가야겠다.

-그러니까 제가 한 달 전부터 계속 말씀드리지 않았습니까?

"그, 그래서 남궁명 공자. 지금 바로 돌아가면 되나요?"

"……그렇지요."

남궁명이 굉장히 떨떠름해하는 표정으로 고개를 끄덕였다.

얼마 전까지만 해도 형님 형님 하면서 쫓아다니던 남궁천이 자신에게 저렇게 말할 줄은 몰랐다.

'거기에다가 뭔지 조금 얕잡아 보고 있는 듯한 느낌도……'

그때는 지나쳤지만, 남궁천이 묘하게 자신을 보고 코웃음을 쳤던 것 같은 느낌도 있었다.

'설마, 아니겠지.'

"아무튼 전달했으니 저는 이만 가 보겠습니다."

"어디 가십니까?"

"다른 곳에도 알려 드릴 분들이 있어서…… 제갈 공자께서는 먼저 돌아가셔도 됩니다."

"알겠습니다."

제갈현몽은 두 손을 모아 읍하고는 남궁천을 바라보았다.

"그렇게 되었습니다. 아쉽지만 세 번째 특강은 취소해야겠군요."

"음, 스승님. 방금 아쉽다고 말씀하신 겁니까?"

제갈현몽은 소름이 돋았다.

별것 아닌 말이지만 마치 구밀복검처럼 어떤 의도가 느껴지는 것만 같았다.

제갈현몽은 자신의 한계를 깨달았다.

지금까지 어떤 상대이든간에 자신의 세 치 혓바닥으로 구슬릴 수 있다고 생각했는데, 진짜 광기 앞에서는 아무리 화려한 화법이라도 당해 낼 수 없었다.

"사실 아쉽지 않습니다. 어서 빨리 돌아가고 싶습니다."

"그러실 줄 알았습니다."

남궁천은 고개를 끄덕였다.

"스승님께서는 하루 빨리 이 정사대전을 멈추고 싶으신 것이겠지요. 등천각에서 낭비할 시간이 없다는 스승님의 마음도 충분히 헤아릴 수 있습니다."

제갈현몽은 당화령과 사마린을 바라보았다.

-보고만 계시지 마시고 저 좀 도와주시겠습니까……?

평소 같았으면 당화령과 사마린도 제갈현몽을 놀리려고 했겠지만, 이번에는 적극적으로 나서 주었다.

덕분에 얼마 후, 제갈현몽은 무사히 등천각에서 벗어나 무림맹으로 향하는 마차에 몸을 실을 수 있었다.

"그래서, 어땠어? 제갈아. 등천각은."
"……앞으로 두 번 다시 등천각에는 안 왔으면 좋겠군요."
제갈현몽은 그리 뇌까렸다.
그러다가 문득 고개를 갸웃했다.
어째 중원에 올 때마다 두 번 다시 방문하지 않을 장소가 늘어나고 있지 않나?

* * *

등천각의 용봉지회가 열렸다.
"떠나가셨군."
"음, 드디어."
모용수의 얼굴은 밝았다.
'그동안 등천각은 좀 이상했다.'
제갈현몽이 나타나고 난 이후부터, 등천각의 분위기가 어딘지 이상했던 것이다.
본래 모용수 같은 사람에게는 집보다 편한 것이 등천각이었다.
위로 잔뜩 신경 써야 하는 어른들이 있는 것도 아니고, 별다른 것도 하지 않았음에도 떠받들어 주고, 도심과 가까워 언제든지 진수성찬을 먹을 수 있었다.
그런데 제갈현몽이 다녀가고 난 후부터 뭔가 분위기가

조금 이상해지고 있었다.

마치 꿈에서 깨어나기라도 한 것처럼 다들 열심히 현생을 살기 시작한 것이다.

"그래, 기념으로 오래간만에 다 같이 한잔하는 건 어떤가? 본 공자가 한턱……."

"수. 스승님이 등천각을 떠난 것이 기쁜가?"

모용수는 소름이 돋았다.

그 전부터도 어려운 친구이기는 했지만, 제갈현몽이 다녀가고 난 이후부터는 거기에 더해 어딘지 소름 끼치는 면모를 보이기 시작하는 남궁천 때문이었다.

"아, 아니. 그게. 어쨌든 우리는 그 특강을 성공적으로 마치지 않았나? 그게 기쁘다는 것이야."

"그런가? 그래야만 할 텐데……."

남궁천이 가만히 뇌까리는 소리가 더더욱 소름이 끼쳤다. 그 모습에 언자헌이 애써 웃음을 지었다.

"천, 이 친구야. 너무 민감하게 굴지 말게. 모용 공자도 나쁜 뜻으로 한 말은 아니지 않은가."

"음, 그렇군. 사과하겠네."

"아, 아아. 아니. 본 공자도 실언을 했소."

모용수는 그렇게 말하면서도 아직 위기를 전부 벗어나지 못했음을 직감했다.

지금이야말로 마음에도 없는 말을 할 때인 것이다.

'옳지. 남궁 공자는 무후재림을 좋아하니 그를 띄워 줘야겠다.'

"그나저나 정말 명불허전이더군. 무후재림이라는 사람은. 소문만 들었을 때는 말도 안 된다고 생각했는데 오히려 소문이 부족함이 있었소."

"음, 모용 공자도 그렇게 생각하오?"

"물론이지. 정말이지 기회만 된다면 더 가르침을 받아도 좋았을 것을. 하하, 나중에 가문으로 돌아가면 아버지께 말씀드려 무후재림을 등천각의 교두로 정식 초빙하는 건 어떻소?"

"음. 모용 공자가 그렇게까지 생각할 줄은 몰랐소."

남궁천이 고개를 끄덕였다.

"그렇다면 무후재림 스승님의 곁을 지킬 등천수호대의 결성에 모용 공자는 필수로 참여하겠다고 봐도 되겠군."

"하하 물론…… 방금 뭐라 했소?"

"등천수호대를 만들고자 한다고 했소. 이미 뜻을 같이할 사람도 모아 두었지. 모용 공자도 그 무리에 합류한다니 기쁘오."

남궁천이 침착하게 말하는 한마디 한마디가 모용수를 미치게 했다.

저도 모르게 모용수는 언자헌을 바라보았다.

대답한 것은 남궁천이었다.

"물론 헌도 합류하기로 결정했소."

"……."

모용수는 여기가 지옥보다 더하다고 느꼈다.

하다못해 설화에서 나오는 지옥에도 썩은 동앗줄이 내려졌는데 여긴 그마저도 없었다.

"갑자기 그게 무슨 뜻이오?"

"무후재림 스승님께서는 말씀하셨소. 저희들과 헤어지는 것은 무척 아쉬운 일이라고. 아직 가르칠 것이 많은데 여기에서 찢어지게 되니 마치 천륜을 찢어 놓는 것처럼 가슴이 아픈 일이라고 말이오."

'그렇게 안 길었던 것 같은데?'

언자헌은 그렇게 생각했지만 입을 굳이 열지 않았다.

남궁천이 저렇게 말을 시작하면 지적하는 쪽이 더 피곤했다. 그냥 남궁천의 뇌내에서는 무후재림의 말이 새끼를 치고 있다는 정도로 받아들이는 것이 정신 건강에 좋았다.

"그래서 생각했지. 스승의 뒤를 제자가 따르는 것은 마치 달이 해를 뒤따르는 것처럼 자연한 이치. 그렇다면 제자들인 우리들이 스승의 뒤를 따르는 것은 당연하지 않겠소?"

남궁천의 말에 하나둘씩 서늘함을 느끼는 사람이 늘어났지만, 그 누구도 쉽게 입을 열지 못했다.

하필이면 이 자리에서 남궁천이 가장 가문의 권세가 강

했으며, 무공도 가장 고강했기 때문이었다.

"나는 오라버니와 함께하고 싶은데."

팽린이 손을 들고 발언했다.

그 모습에 모용수는 팽린을 묘하게 젖은 눈동자로 바라보았다.

'평소 무슨 생각을 하는지 몰랐던 녀석이었지만 쓸모가 있구나!'

누구도 쉽게 반론을 내밀지 못했는데, 팽린의 발언으로 조금 흐름을 바꿀 여지가 생겼다.

평소 무슨 생각을 하는지 모르겠다고 다소 경원시했던 사람이었지만 갑자기 그 모습조차 매력적으로 보일 정도였다.

"걱정 마시오, 팽 소저. 그렇지 않아도 등천수호대의 대주로 팽악 선배, 부대주로 제갈준 선배 등을 모실 생각이니."

"아, 그래? 그럼 나도 좋아."

팽린이 손을 쏙 내려 버렸다.

남궁천이 좌중을 둘러보며 말했다.

"그럼 다른 사람들은 다른 의견이 있소?"

"자, 잠깐. 아무리 그래도 무림맹에 지휘 체계가 있는데 그렇게 우리 마음대로 할 수 있나?"

모용수는 용기를 짜내어 반론을 꺼냈다.

"무, 물론! 무후재림의 가르침을 받는 것은 더없이 영광이고 꼭 받고 싶은 것이긴 하지만 그래도 억지로 그렇게 한다는 것은 조금 마음에 걸리기도 하고 그래서……."

남궁천은 중간부터 지리멸렬하게 변해 가는 모용수의 말을 끝까지 듣고는 고개를 끄덕였다.

"상관없소."

"어째서지?"

"무림맹은 구파와 세가들의 연합체나 다름없지. 그리고 우리들은 그 후계자들이고."

그러니 우리들이 힘을 쓰면 무후재림의 친위대로 배속되는 건 일도 아니다.

남궁천의 그 말에 모용수는 이 순간 무림맹주가 왜 그리 무림맹을 개혁하고자 하는지를 깊게 공감할 수밖에 없었다.

"천."

용봉지회가 해산될 때, 언자헌이 남궁천을 붙들었다.

"너무 억지 아니었나? 자네는 눈치채지 못했겠지만 등천수호대에 찬성하지 않는 사람들도 많아 보였는데."

"별로 호의적이지 않다는 것은 나도 알고 있었네."

"그럼 왜?"

남궁천은 가볍게 웃어 보였다.

"아직 세상은 스승님의 진가를 잘 알지 못하네. 무림맹에서 초빙되었다고 해도, 사천무림이라는 한 축을 얻었어도 무림맹에서 바로 발언권을 얻을 것이라고는 생각하기 어려워."

무후재림의 이름은 상당히 유명하다.

하지만 태생적으로 무인이 아니었다. 아무래도 무림에서 무인이 아니라는 것은 발언력이 약할 수밖에 없는 일이었다.

각종 업적을 이루기는 했지만, 너무 허황된 것들이 많아서 분별 있고 상식 있는 무림인들 가운데에서는 오히려 그런 업적들이 무후재림의 명성을 깎아 먹고 있었다.

"하지만 우리들이 스승님을 받쳐 준다면 이야기는 다르겠지. 물론 나 혼자만으로는 부족하니, 최대한 사람들을 끌어모은 것일 뿐일세."

언자헌은 전율했다.

남궁천은 몰라서 눈치없이 등천수호대를 들먹인 것이 아니었다.

심지어는 모용수가 싫어하는 것을 알면서도 그의 영향력을 가져오기 위해 일부러 그를 끌어들인 것이다.

애초에 모용수를 걸고넘어진 것부터가 그의 전략이었으리라.

'차기 남궁세가와 거래를 할 때는 정말 조심해야겠군.'

언자헌은 저도 모르게 그리 생각하면서, 문득 떠오른

생각을 입에 담았다.

"그나저나, 이 사실은 무후재림과도 합의가 된 이야기인가?"

"합의? 아아, 된 것이나 다름없지."

"된 것이나 다름없다?"

"자네도 제갈씨의 특징을 알고 있지 않나. 쓸데없는 절차를 줄이기 위해, 원인과 결과만을 드러내는 화법."

남궁천은 제갈현몽의 말을 떠올려 보았다.

'……빨리 돌아가고 싶습니다.'

평범한 사람들은 여기에서 문자 그대로 빨리 돌아가고 싶다는 말로 받아들이기 쉬웠다.

하지만 남궁천이 듣기에는 달랐다.

'빨리 돌아가고 싶습니다. 하루라도 빨리 정사대전을 종식시키는 것이 저의 사명이니까요. 다만 그를 위해서는 몇 가지 장애물이 있는데 그걸 제자가 해결해 줄 수 있을 것 같습니다. 등천각의 후기지수들로 하여금 저를 호위케 하는 건 어떻습니까?'

"……이런 뜻이라네."

'아닌 것 같은데.'

언자헌은 그렇게 생각했지만 남궁천에게 강하게 말하기가 조금 어려웠다.

워낙 확신에 가득 차서 말하고 있었던 데다가, 소문으

로 들려오는 무후재림의 일화를 생각해 보면 정말 저렇게 말했을 수 있는 가능성을 배제할 수 없었기 때문이었다.

"음, 그래도 혹시 모르니 서신을 보내 보는 건 어떤가? 정말 자네가 생각하는 그대로라면, 무후재림도 일이 잘 되었는지 아닌지 정도는 알고 싶을 테니."

"과연 좋은 생각이군. 자네의 의견에 따르겠네."

남궁천이 티 없이 환하게 웃었다.

약간 남궁천에 의구심을 가지고 있던 언자헌이었지만, 그 웃음에 아무래도 좋아졌다.

이전까지의 남궁천은 누가 봐도 훌륭한 남궁세가의 소가주였다. 문제는, 남궁세가의 소가주였지 남궁천이 아니었다는 점이었다.

가문을 위해서, 저 스스로 수많은 족쇄를 차고 있는 모습을 볼 때마다 언자헌은 친구가 안타깝기 그지없었다.

그런 남궁천이 스스로의 족쇄를 풀고, 마치 매처럼 날아오르려는 모습을 보는 것 같아서 가슴이 기꺼웠다.

'천. 나는 자네를 응원하네.'

언자헌은 그 매가 어딘가 좀 이상한 방향으로 날아가는 것까지는 신경 쓰지 않기로 했다.

얼마 후 무후재림이 한 서신을 받고 외마디 비명을 질렀다는 소문이 퍼졌지만, 그 또한 신경 쓰지 않기로 했다.

* * *

"이제 여름도 다 가는군요."

유난히 바쁜 여름이었다.

생각해 보면 지금까지 너무 바빴다.

중원행을 다녀오자마자 녹림도로맹을 노린 음모를 진압하고, 다시 중원으로 갔다가 빙궁까지 다녀오기도 하고…….

얼마전에는 팔자에도 없는 등천각의 특별 강사까지 역임하기까지 했다.

'그러니 지금 이 정도 쉬는 것은 괜찮다.'

제갈현몽은 무림맹에서 망중한을 즐기고 있었다.

손광심의 호출을 받고 무림맹에 출석해서, 그동안 있었던 일을 모두 설명하고 사도련주의 악행을 까발렸다.

제갈현몽의 말을 무시하는 사람은 없었다.

모두 사안의 심각성을 이해한 그들은, 더 큰 환란이 일어나기 전에 사도련을 치는 것에 합의한 것이다.

문제는 그 이후에 제갈현몽이 딱히 할 것이 없었다는 것이다.

전쟁 준비는 무림맹의 문사들이 훨씬 더 잘하는 것이었다.

전략을 짜는 것은 제갈중명과 사마군이 있으니 문제 없었고, 거기에 어설프게 제갈현몽이 끼어들어 봤자 사공만 많아질 뿐이었다.

덕분에 제갈현몽은 생각보다 할 일이 없어져서 무림맹에서 마련해 둔 객당에서 뒹굴거리면서 시간을 보내고 있었다.

"너 너무 게으름 피우는 거 아니야?"

"화령. 지금 제가 게으름 피우고 있는 것으로 보입니까?"

"……아니었어?"

당화령이 살짝 자신감 없이 물었다.

이 제갈현몽이라는 사람은 시치미를 뚝 떼는 것이 특기였다. 자기는 아무것도 안 한다고 말해 놓고서 나중에 보면 말도 안 되는 짓거리를 벌이곤 하는 것이다.

"사실 게으름 피우는 거 맞습니다. 제대로 보았군요."

"……."

당화령은 주먹을 움켜쥐었다.

익숙해졌다고 생각했는데 아직도 가끔씩 이런 식으로 당하는 것이다.

"그래도 너무 안 움직이는 거 아니에요? 지금 벌써 무림맹의 부대가 전개하고 있다고 들었는데요."

"음, 그야 그렇기는 하지만 솔직하게 말씀드리죠."

제갈현몽은 당당하게 말했다.

"저는 전략이나 전술 같은 건 잘 모릅니다. 초보자나 마찬가지인데 제가 어설프게 끼어들어서 뭘 하겠습니까?"

의외로 알렌의 세계에서도 자주 일어나는 착각이었다.

마법사는 머리가 좋아야 할 수 있는 일이긴 하다.

하지만 머리가 좋고 마법을 다룰 수 있다고 전쟁도 잘할 수 있다는 것은 조금 이야기가 달랐다.

술법이 개입되지 않는 한 제갈현몽이 개입할 수 있는 여지도 별로 없는 것이다.

"이미 제가 알고 있는 것은 모두 제갈 가주님과 사마 가주님에게 전달을 해 드리기도 했고요. 어쨌든 지금은 제가 움직일 때가 아닌 듯합니다. 오히려 지금 급한 것은 사도련이지요."

"사도련이 생각한 정사대전의 시기가 틀어졌으니 말인가요?"

사마린의 말에 제갈현몽은 고개를 끄덕였다.

본래 무림맹의 집결이 그리 쉽지 않았다.

원래 무림맹 집결! 이라는 것은 보통 반년 전에 선언해야 모일까 말까인 것이다.

그런데 불과 한 달여도 지나기 전에 무림맹 전력의 팔 할 이상이 모여들었다.

이 단계에서 제갈현몽이 할 수 있는 것은 없었다.

그동안 열심히 움직였던 것에 반동이 오는 것처럼 늘어져 있는 것도 그 때문이었다.

"그렇게 한가하면 수련이라도 하는 건 어떻소?"

세상에서 가장 끔찍한 소리를 하는 팽악의 모습에 제갈

현몽은 슬쩍 뒹굴거리던 몸을 일으켰다.

팽악이 저렇게 말하는 것을 보니 자기가 너무 게으름을 피운다는 자각이 들었던 것이다.

'하기야 언제까지 이렇게 게으름 피울 수는 없지.'

생각해 보니 사실 할 일은 많았다.

그동안 익히고 발전시킨 술법의 정리.

등천각에서 눈으로 훔친 무공을 술법과 융합시키는 것.

그동안 이래저래 소모한 법구(法具)의 보충 등등…….

지금까지 미뤄 왔지만 해야 할 것이 사실 산더미처럼 많았던 것이다.

그때, 누군가가 모습을 드러냈다.

"스승님. 쉬시는 와중에 죄송합니다."

"……아, 남궁 소협. 무슨 일이십니까?"

제갈현몽은 이 남궁천이라는 사람이 조금 부담스러웠다.

가만히 있으면 차분한 표정의 미공자였지만, 그 목소리에 열기가 섞이게 되면 드러나는 광기가 제갈현몽을 두렵게 했다.

'보아하니 아직은 발작하지 않은 모양이군.'

자신의 말 한마디가 어떤 영향을 일으킬지 예측하기 어려운 만큼 조심스러울 수밖에 없었다.

"스승님을 만나 보고 싶다는 사람이 있습니다."

"혹시 소무결입니까?"

"역시……!"

제갈현몽의 말에 남궁천이 외마디 탄성을 토했다.

그 모습에 제갈현몽은 혀를 찼다.

'아차. 불에 기름을 들이부은 격이군.'

"아니, 그냥 넘겨짚은 겁니다. 그리 감탄할 정도로 대단한 것은 아닙니다."

가만히 이야기를 듣고 있던 당화령이 고개를 갸웃했다.

이야기를 듣고 있으니 좀 이상했다.

"아니, 신기한데. 어떻게 소무결이 찾는다는 걸 알았어?"

"슬슬 정사대전을 위해 부대가 전개되고 있는데 이공자도 몸이 달아 있을 테지요. 향후 사도련을 되찾기 위해서라도 참여해야 하는데, 문제는 무림맹에서 이공자는 고립무원의 처지이니 슬슬 저를 찾을 것이라고 생각한 것뿐입니다."

"맹주님이나 다른 사람들이 찾을 수도 있잖아?"

"맹주님이라면 남궁명 공자가 왔겠지요. 두 분 가주님이라면 사마 소저가 미리 알고 전해 주셨을 것이며, 다른 사람이라면…… 거리낌 없이 저한테 바로 오지 않겠습니까. 그러니 남은 것은 소무결 공자밖에 없지요."

당화령은 조금 질린 표정을 지었다.

'이 녀석은 보통의 기준이 좀 이상하다니까.'

저런 생각을 하고 있으면서 자기 스스로는 '누구나 이

정도는 당연히 생각할 수 있다!'고 말하는 게 열받는 점이었다.

"으음, 그렇군요. 알겠습니다. 소무결 공자는 어디 있습니까?"

제갈현몽이 자리에서 일어나려고 하자 남궁천이 고개를 저었다.

"스승님께서는 쉬고 계십시오. 아쉬운 쪽은 소무결이니 스승님께서 모처럼 누리시는 망중한을 방해하게 할 수는 없습니다. 아, 여기 대추가 조금 있습니다. 혹시 누워 계시느라 몸이 저리시면 제자가 안마를……."

"제발 제가 갈 수 있게 해 주실 수 있겠습니까?"

"오."

당화령은 감탄했다.

자신과 사마린이 항상 그만 게으름 피우라고 해도 듣지 않던 제갈현몽이 벌떡 일어났기 때문이다.

여행자의 옷을 벗기는 것은 북풍이 아니라 뜨거운 햇살인 것처럼.

자리에서 일어난 제갈현몽은 바로 소무결이 있는 곳으로 향했다.

'음, 최대한 빨리 마무리하고 들어가야겠다.'

그래서 소무결과 만나자마자 말했다.

"그럼 가시지요."

소무결은 어이가 없었다.

만나서 안부를 나눈 것이 다이고 아직 제대로 된 용건도 꺼내지 않았는데, 다짜고짜 그런 말을 꺼내면 누구라도 어이가 없어지는 법이다.

"양주신창 조자건 님을 만나러 가는 것 아닙니까?"

"……."

정곡을 찔린 소무결이 멍청하게 제갈현몽을 바라보았다.

"아니, 어떻게?"

"그건…… 아니, 다 아는 수가 있습니다."

제갈현몽은 자세하게 설명해 주려다가 뒤에서 번뜩이는 시선을 느끼고 말을 아꼈다.

지금 남궁천은 불타오르는 광기의 태양과도 같았다.

안 그래도 뜨거운데 거기에 쓸데없이 기름을 부을 생각은 없었다.

'으음, 설마 내가 부를 것이라는 것을 예측하고 있던 건가?'

그 모습에 소무결은 내심 납득했다.

매사 어떤 일에도 자신감이 충만하던 독심서생이 유독 무후재림에게는 열등감을 내비치는 것이 이제야 이해가 될 정도였다.

'어쩌면 이 모든 일이 무후재림의 손바닥 위에 있는 건 아닐까?'

그런 말도 안 되는 생각까지 들 정도였으니.

"음, 사실 그렇다. 어려운 부탁이라는 것은 알고 있지만, 나를 도와준다면 반드시 보은하겠다."

소무결은 굴욕적이게도 저자세로 나갔다.

원래같았으면 소무결은 보은 같은 것을 입에 담지도 않았을 텐데.

그 모습에 제갈현몽은 머리를 슬쩍 긁었다.

"음, 그러지요. 도와드리겠습니다."

"뭐, 정말 말 한마디로 도와주는 건가?"

도리어 소무결이 의아해서 되물었다.

도와달라고 하긴 했지만 정말 선뜻 받아들일 줄은 몰랐는데.

하지만 제갈현몽에게도 이유가 있었다.

'미운 정이 들어 버렸나.'

독심서생 시절, 인격을 개조당해 조금 부드러워진 터라 제갈현몽도 알게 모르게 조금은 약해졌던 것이다.

"가끔은 이런 일도 있어야 하지 않겠습니까. 그럼 가지요."

소무결은 의심스러운 눈을 빛냈다.

'혹시 이것도 뭔가의 큰 그림은 아닐까?'

이 무후재림이라는 자는 무서운 작자였다.

그 독심서생도 경계하고 질투할 만큼 수상쩍은 것이다.

그런 사람이 이렇게 순순히 고개를 끄덕인다는 것은 결코 좋은 일은 아니었다.

나중에 어떤 큰 대가를 치르게 될지 모르니까!

'음, 하지만 지금은 어쩔 수 없다. 호랑이를 잡으려면 굴에 들어가는 수밖에……!'

그러는 생각을 하는 사이 제갈현몽 일행은 무림맹의 뇌옥에 다다를 수 있었다.

절정 이상의 무인도 잡아 둘 수 있을 정도로 단단하게 만들어진 뇌옥이었다.

그리고 그 안에 조자건이 있었다.

사슬에 묶여 축 늘어져 있던 조자건은 인기척을 느끼고는 가만히 고개를 들었다.

"안녕하십니까, 조자건 님."

"……."

조자건은 제갈현몽의 말에 잠시 물끄러미 바라보았다.

슬슬 제갈현몽의 복장이 터지려고 할 즈음에 입을 열었다.

"그렇다."

"……뭐가 그렇다는 겁니까?"

"안녕하냐는 말을 하지 않았나? 그래서 대답했다."

'강적이다.'

제갈현몽은 한숨을 토해 내었다.

이 조자건이라는 사람은 정말이지 자신 같은 사람에게는 천적과도 같은 존재였다.

굳이 창을 들고 자신을 쫓아오지 않더라도 충분히 자신의 복장을 터트려 죽일 수 있는 능력을 가지고 있었던 것이다.

'진정하자.'

제갈현몽은 자신의 마음을 안정시켰다.

과거와 달리 우위에 서 있는 것은 자신이었지, 뇌옥에 갇혀 있는 조자건이 아니었다.

"사실 조자건 님을 찾아온 이유가 있습니다. 혹시 전향하실 생각은 없으십니까? 전향이라고 해도 무림맹으로 전향하라는 말은 아닙니다. 소무결 공자에게 의탁할 생각이 있느냐는 말입니다."

"없다."

"어째서입니까?"

"나보다 약하니까. 나는 나보다 약한 사람의 명령을 듣지 않는다."

제갈현몽은 귀를 의심했다.

'진심으로 말한 건가?'

그런 생각이 들었다.

무슨 그런 이유로 사람을 따르고 안 따르고를 정한단 말인가?

하지만 의아해하는 것은 제갈현몽뿐이었다. 다른 사람들은 그 말을 듣더니 고개를 주억거리기 시작했다.
"음, 그런 이유라면……."
"그럴 법하네."
"어쩔 수 없네요."
'무림인들이란.'
제갈현몽은 한숨을 내쉬었다.
"그럼 사도련주를 따르는 이유도 조자건 님보다 강해서입니까?"
"그런 셈이지."
"설마 언제든지 사도련주에게 도전할 수 있기 때문에 그를 따르는 것입니까?"
조자건이 살짝 커진 눈으로 제갈현몽을 바라보았다. 어떻게 알았냐는 듯한 표정이었다.
예상이 맞았음에도 불구하고 제갈현몽은 별로 기쁘지 않았다. 그리고 머리를 긁적였다.
이런 상황에서 자신이 설득하는 것은 별로 쉬운 일처럼 보이지 않았다.
하물며 상대는 모든 술사들의 천적, 조자건 아닌가.
"네게 전향하라는 것이라면 좋다."
"……예? 그게 갑자기 무슨 소리입니까?"
"나를 쓰러트렸으니까."

"……?"

제갈현몽은 오래간만에 상대방의 말을 이해하지 못하고는 고개를 갸웃했다.

'쓰러트렸다고?'

제갈현몽이 조자건에 관련해서 기억하는 것이라고는 개같이 쫓기면서 죽을 뻔한 기억뿐이었다.

"제가 그런 적이 있었습니까? 조자건 님을 제압한 것은 제가 아니라 천 여협인데……."

"그녀가 말하더군. 이 모든 것이 그대의 안배였다고."

"……."

제갈현몽은 조용히 주먹을 움켜쥐었다.

매화향을 흩뿌리고 다니는 모 검사에게 강렬한 원망을 느끼지 않을 수 없었다.

'다음에 매화씨 뿌리는 건 도와주지 않아야겠다.'

"하지만 그게 조자건 님을 쓰러트렸다는 것은 아니지 않습니까?"

"이상한 소리를 하는군. 누가 휘두른 칼에 맞았다면, 그건 칼에게 진 건가, 아니면 칼을 휘두른 사람에게 진 건가?"

"크윽."

제갈현몽은 패배의 신음을 터트렸다.

이 눌변의 무인에게 순수 논리로 압살당해 버리니 어쩔

수 없는 굴욕감이 느껴졌다.

"아, 아직 아닙니다!"

상황을 지켜보고 있던 소무결이 어처구니없어했다.

'왜 저렇게 필사적으로 부정하는 거지?'

지금 이 상황에서는 승리를 인정하는 게 더 나은 방향 아닌가?

"그것만이 아니다. 마지막에 내가 던진 강룡직하는 내 생애 최고의 것이었다. 그리고 그대는 그걸 피해 냈지. 지금까지 그 수법에 대해 생각하고 있었지만 도저히 어떻게 피했는지 알 수가 없었어."

"아, 그거 말입니까."

제갈현몽이 펼친 국소적 공간이동을 뜻하는 것이었다.

'솔직히 다시 하라면 자신이 없는데.'

가끔 이런 일이 있다고 들었다.

마법은 철저하게 계산하는 학문이다. 하지만 가끔은 이해를 뛰어넘어 직관과 심상만으로 마법을 현현시키는 경우가 있다.

제갈현몽의 공간이동도 마찬가지였다.

제갈자의의 유산, 축지법의 술법, 천기미리보, 로우론이 가끔 보여 주곤 했던 공간 이동의 마법이 순간 하나로 합쳐져 그 순간 펼칠 수 있는 가장 최적의 마법을 현현시킨 것!

"내 필사의 절초를 피해 내었으니 그대의 승리다. 그대에게라면 전향해도 좋다."

"……으음. 가령 제 부하가 된 다음 소무결 공자를 도와 달라고 해도 들어주실 겁니까?"

"그렇다."

조자건은 순순히 고개를 끄덕였지만 제갈현몽은 속지 않았다.

세상 모든 달콤한 일에는 그만한 대가가 따르는 법이었다.

"그러고서 기회가 되면 저를 습격해서 승리하려는 거 아닙니까?"

"……."

조자건은 침묵했다.

그는 눌변이었던 것이지 바보는 아니었다. 자기에게 불리한 말을 일부러 내뱉을 사람은 아닌 것이다.

"없던 얘기로 하지요."

"잠깐."

조자건은 다급하게 제갈현몽을 붙들었다.

"예고를 하고 습격하겠다."

"……그걸 제안이라고 하신 겁니까?"

"음, 그럼 어떻게 해야 받아들여 줄 거지?"

조자건은 필사적으로 말했다. 그 모습에 제갈현몽은 되려 더 어이가 없었다.

하지만, 조자건도 이렇게까지 집착하는 이유가 있었다.

그만큼 제갈현몽이 마지막에 보여 준 한 수가 뇌리에 새겨지듯 남아 있었기 때문이었다.

공간을 뛰어넘었던 그 신묘한 술수를 자신의 창법에 결합할 수 있다면 조자건은 한 단계 더 위로 나아갈 수 있으리라!

"제게 좋을 것이 없지 않습니까. 게다가 조자건 님의 습격을 매번 막아 낼 수 있다는 자신도 없습니다."

"어떤 조건을 붙여도 좋다. 듣기로는 사술쟁이라고 들었는데 내게 금제를 걸어도 좋다."

"으음, 되려 그렇게 말하니 더 섣불리 믿기 어렵군요. 일단 조자건 님의 제안은 보류하겠습니다. 하지만 기회는 드리지요."

"무엇이지?"

"듣자 하니 무림맹의 심문에도 응하지 않았다고 하더군요. 정말 전향하려는 것이 사실이라면, 제게 사도련이 앞으로 어떤 식으로 움직일 것인지 알려 주시지 않으시겠습니까?"

조자건은 멍하니 제갈현몽을 바라보았다.

그 모습에 제갈현몽도 한 가지를 눈치챘다.

'이런, 나 같아도 조자건 님에게 많은 것을 알려 주지 않았을 것 같다.'

조자건은 좋은 의미에서든 나쁜 의미에서든 순수한 무인이었다.

실제로 조자건은 사도련의 움직임에는 전혀 관심이 없었는지 어울리지 않게 무구한 눈빛을 보내고 있었다.

"아니, 역시 됐습니다."

제갈현몽이 망설임 없이 몸을 돌리려고 하자 조자건은 묘한 기분이 들었다.

뭔가 약간 무시당하고 있지 않나?

"음, 기다려라."

그게 아니더라도 입을 열어야 했다.

이렇게 뇌옥에 갇혀 있는 이상 이 다음에 제갈현몽을 언제 다시 만날 수 있을지 몰랐기 때문이었다.

마치 막다른 길에 몰린 쥐처럼, 평소 몸만 믿고 별로 굴리지 않았던 조자건의 두뇌가 열심히 굴러가기 시작했다.

그리고 마침내 입을 열었다.

"사도련에서는 혈정을 이용해 초절정고수들을 양산하는 데 성공했다. 그걸 이용해서 뭔가 하려고 하더군. 그것 말고는 모른다."

"……그게 무슨 말입니까?"

(무림 속 마법사로 사는 법 12권에서 계속)

환상이 숨쉬는 공간 파피루스 blog.naver.com/gnpd17

서생, 제갈현몽은 꿈을 꾸었다
무와 협이 아닌, 마법과 모험이 공존하는 신세계를!

『무림 속 마법사로 사는 법』

제갈세가 방계 중의 방계로서
표국의 문사로 일하던 제갈현몽

꿈에서 깸과 동시에 마법을 깨우치고
비범한 활약을 통해 명성을 떨치며
감당하기 힘든 별호를 얻게 되는데

"무후재림께서 오셨다! 무후재림 만세!"
"앗……아아……."

세상은 영웅을 원하고, 출사표는 던져졌다
고금제일의 마법사, 제갈현몽의 행보를 주목하라!

무림속 마법사로 사는 법

김형규 신무협 장편소설

환상이 숨쉬는 공간 파피루스 blog.naver.com/gnpdl7

율운 스포츠 판타지 장편소설

역대급 뱀직구로 슈퍼에이스!

뱀 한 마리 구해 주고 패스트볼의 신이 되었다
『역대급 뱀직구로 슈퍼에이스!』

밋밋한 포심, 애매한 변화구
혹사에 이은 수술, 그리고 입대까지
높아져만 가는 프로의 벽에 절망하던 구강혁

어느 날 고통받던 뱀을 구해 주고
문신과 함께 신비한 야구 능력을 얻게 되는데

"구속도 구속인데 무브먼트가……. 마치 뱀 같은데?"

타격을 불허하는 뱀직구를 앞세워
한국을 넘어 메이저리그까지 제패하겠다
전설을 써 내려갈 구강혁의 와인드업이 시작된다!

환상이 숨쉬는 공간 파피루스 blog.naver.com/gnpdl7

회사 때려치우고 카페 합니다

펩티드 현대판타지 장편소설

야근에 잔업, 죽어라 일만 하던 어느 날
할아버지가 돌아가셨다는 연락을 받았다
하지만 회사의 반응은 싸늘한 업무 지시뿐

"이런 X같은 회사, 내가 나간다."

그렇게 사표를 던지고 내려온 고향
할아버지가 남긴 카페로 장사나 하려는데
이 카페, 뭔가 심상치 않다?

―상태 : 만성 피로, 극도의 스트레스
>김하나의 손재주

"뭔가 이상한 게 보이는데?"

손님의 고민을 해결하고 재능을 물려받자
바쁜 일상 속의 단비 같은 힐링이 시작된다!